庫

32-302-4

ウォルター・スコット邸訪問記

アーヴィング 著
齊 藤 昇 訳

岩 波 書 店

Washington Irving

ABBOTSFORD

1835

ワシントン・アーヴィングの肖像画

目　次

1　アボッツフォード邸

私は、何年も前にアボッツフォード邸、すなわちウォルター・スコット邸を訪問した時の模様をお話しするという、読者との約束を果たす仕事に取りかかろうと思う。けれども、あまり多くを期待しないでいただきたい。というのも、その旅行中に取った覚え書きはたいそう少ない上にまとまりのないものだし、私の記憶も極めて怪しいので、貧弱で粗雑な叙述によって読者をがっかりさせやしないかと危惧《きぐ》するからである。

一八一七年八月二九日の夕方遅く、私はスコットランドの境界地方《ボーダーズ》にあるセルカークという古めかしい小さな町に到着して、そこで一泊した。(1) 私がエディンバラからこの地にやって来たのは、ひとつにはメルローズ寺院(2)の遺跡と、その周辺を訪れることであったが、その主たる目的は〈北方の偉大な吟遊詩人〉(3)に一目逢うことであった。すでに、私は彼に宛《あ》てた紹介状を詩人のトマス・キャンベルに書いてもらっていたし、また私の作家人生の初期に書いた雑文(4)のいくつかに対して彼が興味を示してくれたことから、私の訪問がぶしつけに思われるとは考えなかった。

翌朝、私は早い朝食をとると、四輪馬車に乗りメルローズ寺院に向けて出発した。その途中、私はアボッツフォード邸の入口で馬車を止めて、御者に例の紹介状と名刺を屋敷まで届けさせた。名刺には、今からメルローズ寺院の遺跡に行くところであるが、午前中にスコット氏(5)(この時、彼はまだ准男爵《バロネット》に叙せられていなかった)をお訪ねしても差し支えがないかどうか伺いたい旨《むね》を記しておいた。

御者が使いに出ている間、私にはその邸宅をじっくりながめる時間があった。それはトゥイード川(6)へ下る丘の中腹の道からわずかに入ったところにあり、どこか田園風で絵のように美しい外観だったが、その時はまだ有閑紳士《ジェントルマン》が所有する住み心地のよい田舎家に過ぎないという感じがした。邸宅の正面全体は常緑樹に隠され、表玄関のすぐ上に一対の大きなヘラジカの角が葉の下から突き出ていたので、狩猟用の家屋といった趣があった。それが一変して、ある意味で、このささやかなたたずまいが大きな男爵領に生まれ変わろうとしていたのである。足場に囲まれた壁の一部は、すでに屋敷の高さまで出来上がっており、正面の中庭はたくさんの荒削りの石塊で一杯だった。

ところで、私の乗った馬車が放つ騒音は、この屋敷を包む静寂を乱してしまったようだ。この館の番犬である一匹の黒い猟犬《グレイハウンド》が出撃して、石塊のひとつに跳び乗ると猛烈な勢いで吠え始めた。そのけたたましい咆哮《ほうこう》に応じて犬たちの守備隊全員が、

雑種、子犬、幼犬、そして猟犬も、
また劣等種の犬までも(7)

いっせいに騒がしく吠え立てた。いや、この引用文は訂正されなければならない。この屋敷には駄犬など一匹としていなかったはずだからである。真の狩猟家であるスコットは、犬たちの純粋な血統を非常に重んじていたので、雑種の犬を飼うことはなかったのだ。

間もなくして、この館の主人がその姿を現わした。今まで読んだり聞いたりしたことや、世に出ている彼の肖像画などから、私にはすぐにその人と分かった。彼は背が高く、そして大柄で、がっしりとした体格をしていた。また、服装は地味で、なんとも質素なものであった。ボタン穴に犬笛をぶら下げた緑色の古びた狩猟用上着に、茶色のリンネルのズボンという出立《いでた》ちで、頑丈な靴は足首のところで靴紐で結ばれ、そして明らかに

長年愛用してきたと思われる白い帽子をかぶっていた。彼は太目のステッキを突いて、足をひきずりながら(8)砂利道を歩いて来たが、その歩きっぷりは敏速で活気に満ちていた。雄鹿猟用の大きな鉄灰色の猟犬が、たいそう重々しい態度で彼の脇をゆっくりと歩いていた。この犬は、他の野次馬犬どもの喧騒《けんそう》には加わらず、この邸宅の威厳を保つために、礼儀正しく客人を迎えることが自分の役目と心得ている様子だった。

まだ邸宅の門に着かないうちに、スコットは心のこもった調子でアボッツフォードによく来てくれたと私に声をかけ、それからキャンベルの近況を尋ねてきた。そして馬車のドアまで歩み寄ると、彼は真心をこめて私の手を握った。「さあ、馬車を入れたまえ、屋敷の奥まで入れたまえ」と彼は言った。「ちょうどよかった。これから朝食をとるところだったんだよ。その後にでも、あのすばらしい寺院の遺跡を全部見て回ればいい」

私はすでに朝食をすませていたので、辞退したいところだった。「いや、君」と私にかけたスコットの声は大きかった。「スコットランドの丘陵の朝の澄み切った美味《うま》い空気を吸いながら馬車を走らせて来たのなら、もう一度朝食をとるぐらい、なんでもないはずだ」

そんなわけで、私は屋敷の表玄関へ回るように案内され、その少し後には朝食のテーブルについていた。食事を共にしたのは、スコット夫人、(9) 十七歳ぐらいの美しい長女ソファイア、彼女より二、三歳下のアン・スコット、そして逞《たくま》しく育った若さ漲《みなぎ》るウォルターと十一、二歳の威勢のいい少年チャールズなど、家族の人たちだけだった。たちまち私はすっかり寛《くつろ》いでしまい、心からの歓迎を受けているという感動に浸り胸が熱くなった。私はちょっと朝の訪問をするだけと考えていたのだが、そう簡単には解放されないような情況にあることに気づいた。

「朝ちょっと新聞を読むような感覚で、この辺を歩いてすませようなんて考えちゃいけないよ」とスコットは言った。「古き世界の遺産が好きな旅行者なら、それを丹念に見て回るとなれば数日はかかる。朝食をすませたらメルローズ寺院に行かれるといい。私は野暮用があるのでお供できないが、メルローズ寺院の古い遺跡やその周辺について何でもよく知っている息子のチャールズに案内させよう。チャールズと、私の友人ジョニー・バウアーが、メルローズ寺院の真実についてあれやこれやと話してくれるだろう。もっとも、あなたが何一つ疑わない真の好古家でもない限り、信じろと言っても無理なこともたくさんあるだろうけれど。寺院から戻られたら、私がこの辺りをぶらぶらしながら案内しよう。そして明日は一緒にヤロー川(10)まで足を伸ばして散策し、次の日は馬車でドライバラ寺院(11)に行くことにしよう。これも一見の価値は十分ある、すばらしい遺跡だからね」

要するに、スコットが自分の計画をすっかり話してくれる前にもう、どうやら私は数日間の滞在を余儀なくされてしまっていたようだ。それと同時に、ほのかな中世ロマンスの世界が突然私の目の前に開けていくような、ときめきを感じた。

2　メルローズ寺院

朝食後、スコットの指南に従い、私は小さな友人チャールズと一緒に、メルローズ寺院に向けて出発した。彼は実に快活で愉快な連れだった。チャールズはこの近在についてかなり多くの逸話を知っていたが、それらはいずれも父親のスコットから仕入れたものであった。また、たくさんの一風変わった面白い話や茶目っ気たっぷりの冗談が彼の口から語られたが、それらの出どころも明らかに同じく父親であった。これらすべてについて、彼はスコットランド訛《なまり》とスコットランド風の言いまわしを交えて語った。そのために話が一層味わい深いものとなった。

メルローズ寺院へ向かう途中、彼はスコットが先にも触れたジョニー・バウアーに関するエピソードを、いくつか話してくれた。それによると、バウアーは教区の堂守で、遺跡をきちんと維持して来観者を案内するために雇われていた人物であった。彼は小柄な愛すべき男だったが、そのささやかな職分について功名心がないわけではなかった。

彼の前任者が亡くなった時、その名前は新聞に載りスコットランドじゅうに報道された。そこでジョニーは、遺跡管理の職務を引き継ぐ時、自分の臨終の際にも同様に名誉ある顕彰が行なわれること、しかもそれがスコットの筆によるものであることを受諾の条件として要求したのである。これに対してスコットは、その名を偲《しの》んで讃辞を捧げると大まじめに誓ったので、ジョニーは永遠に輝く不滅の韻文を授けられるのを誇らしく期待しながら日々を過ごしていたのだ。

私が会った時のジョニー・バウアーは、品格漂う風貌をした小柄な老人で、青い上着と赤いベストを身につけていた。彼は丁寧に挨拶して私たちを出迎えてくれた。そして、おかしな素振《そぶ》りをしては私を面白がらせていた、おどけっぱなしの陽気な連れに会えて、とても喜んでいる様子だった。この老人は、このような案内人の中でも特に信頼のおける、すぐれた人物であった。彼は、スコットが『最後の吟遊詩人の歌』(12)の中で描写した寺院内のあらゆるものを指摘して、それらを世に知らしめた行《くだり》を強いスコットランド訛で復唱した。また、回廊を通り抜ける時には、とびきり絶妙かつ繊細なタッチで石に彫られた木の葉や花の美しい彫刻品に私の注意を向けさせた。それらは何世紀にもわたる長い歳月を経た今も、まるで鑿《のみ》で彫られたばかりのような状態で保存されており、スコットが言った通り、モチーフとなった実物に比しても決して見劣りがするものではなかった。

　そこにきらめく草木も花も、
　ひとつ残らず回廊のアーチに美しく彫られていた。(13)

ジョニーはまた、そうした彫刻作品に描かれている、とても美しい修道女の顔の部分を指し示して、それはスコットがいつも足を止めて感嘆するところだと言った。「なにしろシェリフは、(14)この手のものすべてについて驚くべき千里眼を持っていなさるからね」

　その時私には、スコットが詩人であることよりも、むしろシェリフであるということが、近在では尊ばれているように思えた。

　寺院の内部に入ると、ジョニーは、墓から魔術師の書物を盗み出そうとしたあの記憶すべき晩(15)に勇敢なサー・ウィリアム・デロウレイン(16)と修道士が座っていたと言われる、まさにその石のところに私を案内した。実際のところ、ジョニーは、古遺物に関わる詳細な研究にかけては、スコットの域さえすでに超えていた。なにせ彼は、スコットがどこにあるのか分からないままでいた例の魔術師の墓を発見したほどの眼力の持ち主なのだから。すべてがスコットの詩に綴られている通りであり、これも、出窓の位置と夜中にステンドグラスを通して墓の上の赤い十字架に影を投げかけながら射し込む月の光の方向によって突き止めた、とジョニーは誇らしげに語った。「わしはシェリフにそのこと全部を説明したよ」と彼は言った。「シェリフは、それを否定することなどできやしなかったさ。なにしろまぎれもない事実だからね」

後で気がついたことだが、スコットはこの老人の純真さと、詩に綴られた一行一行が実際に起こったことであるかのように、それを立証しようとする直向《ひたむ》きな熱意の迸《ほとばし》りを、いつも面白がっては愉《たの》しんでいた。そして、ジョニーの口から出る推論には、きまって静かに首を縦に振って頷《うなず》いていたのである。先の魔術師の墓に関して一言付け加えるなら、これがジョニー・バウアーの古遺物研究のきっかけとなったものである。

見よ、戦士よ！　いま赤い十字架は、
偉大なる死者の墓を指し示している。

修道士は広い敷石の方に、
ゆっくりと歩みを進めた。
血のしたたるような真赤な十字架を道標《みちしるべ》にして。
修道士は奥まった隅を指さし、
戦士は鉄棒を手にした。
そして修道士は老いた手で、
その墓の巨大な入口を開けよと合図を送った。

戦士は力を振り絞って、
ついに重い石を動かした。
その場に居合わせれば、
光がどんなに輝いて迸り出たかを
見ることができただろう。
さらに光は内陣の屋根へ、
そして遥か高くの回廊をぬけて昇りつめた。

同時に墓から射した光は、
修道士の僧帽と顔を青白く照らし、
褐色の戦士の鎖帷子《くさりかたびら》で揺れ動き、
長くそよぐ兜《かぶと》の羽飾りに戯れた。

二人の眼前に魔術師は横たわっていた。
まるで息絶えて一日も経っていないかのように。
その豊かな顎鬚《あごひげ》は銀色にうねり、
歳《よわい》七十ほどの風貌に見えた。
巡礼の肩衣に身を包み、
念入りに仕上げられたスペイン風の飾り帯を下げた姿は、
海の向こうからやって来た聖地巡礼者さながらであった。
左手に魔法の書物を持ち、
右手には銀の十字架が握られていた。
そして、ランプは膝のわきに置かれていた。(17)

スコットの創《つく》り出した架空の話は、正直者のジョニー・バウアーにとって、いずれも事実を描写したものと受け止められていたのである。絶えずメルローズ寺院の遺跡に囲まれ、スコットの詩の舞台となった場所を案内しながら生活しているうちに、『最後の吟遊詩人の歌』は、いわば彼の存在そのものと綯《な》い交《ま》ぜになってしまっていたのである。だから、彼は時折、自分自身をこの詩のどこかに登場する人物と混同しているのではないか、と私には思えてならなかった。

ジョニーには、この詩人の書いた他の作品がどのようなものであろうとも、『最後の吟遊詩人の歌』以上に人々に愛されているかもしれないとは、どうしても考えられなかったのである。「本当にあれは、スコットさんの書いた作品の中でも群を抜いて素晴らしいものだよ」と彼は私に言った。「だが旦那さんがここにいらっしゃるとして、わしがそう言ったところで、あの方はお笑いになるだけだろうよ」

彼はまたスコットの気さくなところを大いに称賛していた。「あの方は、時々お偉い方々と一緒にここに来なさるんだ」と彼は言った。「ジョニー、ジョニー・バウアー、と大声で呼ぶんで、わしにはすぐに旦那さんが来たんだなぁと分かるのさ。で、迎えに出ると、きまって冗談を飛ばすか、あるいは、愛想よく声をかけてくれるかなんだ。そして足を止めて、まるでそこらの婆さんのようにわしとおしゃべりしたり笑ったり。まあ考えてもみなされ、あれほど歴史の知識の豊かなお方が、わしなんかとだよ！」

ところで、この小柄で如才ない男が自慢する、巧妙にして、かつ趣向を凝らしたもののひとつを挙げるとなれば、それは来観者をメルローズ寺院に背を向けて立たせ、体を前に屈めて両脚の間から寺院を眺めさせることであった。こうすると、その遺跡が全く異なる様相に見えると彼は言うのである。もっとも男連中は、この方法を大いに褒《ほ》め称《たた》えたものの、淑女たちには評判が悪く、彼女たちはせいぜい脇の下から眺めることで満足したのである。

この詩に書かれたあらゆることを来観者たちに説明するのが自慢のジョニー・バウアーにとって、ひどく当惑する一節があった。それは、この詩の冒頭に置かれた次の言葉である。

もし美しいメルローズ寺院のほんとうの姿を見たいのであれば、
青白い月光のときに訪れるがいい。

明るい昼間の陽気な光は、
ただ上べを照らし、廃墟を陰気に沈ませるだけだから。(18)

こうした詩の教訓も影響してか、この遺跡を訪れるとりわけ熱心な巡礼者たちの多くは、昼間に射す陽光の中でこの寺院を見るだけでは飽き足りず、月の光を浴びて威容を誇る姿を眺めるのでなければ全く意味がないと言い張ったのである。さて、そこで彼は窮してしまった。月が輝くのは一ヵ月のうちわずかな期間だし、さらに都合の悪いことに、スコットランドでは月の光が雲や霧によって遮《さえぎ》られてしまうことが非常に多いのである。そのためジョニーは、この詩に感銘した来観者たちがどうしても必要とする月光を、どうすれば提供できるか大いに思案を重ねた。そしてひょんなことから、彼は代替品を考案したのである。竿《さお》の先端に二本の大きなロウソクを巻きつけて、暗い夜などにはそれを持って遺跡を案内して回ったのである。来観者にはことのほか満足してもらったので、とうとう彼は、月そのものによる効果よりもこちらの方がむしろよいのではないかと考え始めたのである。「無論、一度に寺院全体を照らし出すわけにはいかないが、位置を変えて少しずつ、古い寺院の遺跡をお見せすることができる」と、彼は言うのであった。「ところが月の光では、片側だけしか照らせないからね」

正直者のジョニー・バウアーよ！　この時からもうずいぶんと長い年月が経っているから、まず間違いなく純真な彼は、お気に入りだったメルローズ寺院の床の下に眠っていることだろう。今となっては彼のささやかな望みが叶《かな》えられ、彼があれほど愛し尊敬してやまなかったスコットの筆によってその碑名が刻まれていることを願うばかりである。

3　愛犬メイダ

私がメルローズ寺院から帰った後に、スコットは周辺を少し案内するから散歩に出ようと誘ってきた。われわれが出かけると、屋敷にいた犬たちが皆いっせいについて来た。すでにお話しした老いた猟犬のメイダは、上品な犬でスコットの大変なお気に入りであった。黒いグレイハウンドのハムレットは、向こう見ずで野性的な若い犬で、まだ分別のある年齢には達していなかった。また、やわらかい絹のような毛並みの美しいセッター犬のフィネッテは、長い耳を垂らし優しい目をした、居間の人気者であった。家の前に来た時、老いた灰色の犬が尻尾を振りながら台所から出て来てわれわれに加わったが、スコットは、この老犬に昔からの友人か仲間のように声をかけて元気づけていた。

散歩の途中、スコットはしばしば会話を中断して、犬たちに気を配りながら、まるで理性を持った仲間であるかのように彼らに話しかけていた。実際のところ、これらの忠実な従者たちはしっかりと理性を兼ね備えているように思えたが、それは人間に対する彼らの深い親近感から生まれたものであった。メイダは自分の年齢や大きな図体にふさわしい重厚な態度を崩すことなく振舞《ふるま》い、われわれと一緒に行動する時には、充分な威厳と礼儀正しさを保持しなければならないと考えているように見えた。メイダがわれわれの少し前方をゆっくり歩いていると、若い犬たちは彼の周りで悪ふざけをしてみせたり、首に飛びかかったり耳を嚙んだりして、彼を騒ぎに巻き込もうとさかんに挑発した。しかしこの老犬は、時々若い仲間の犬たちの度が過ぎた悪戯《いたずら》を叱《しか》る素振《そぶ》りをしながらも、容易には動じない貫禄をしばらく保ち続けた。しかしそれも、あまりにしつこいと突然向きを変えて、その中の一匹の犬を捕まえると、地面に叩きつけることもあったが、そんな時の彼は「ねえ、皆さん。私はこんな戯事《ざれごと》にかかわるわけにはいかないんですよ」とでも言いたげな様子で、われわれの方を振り返りざまにチラッと見るなり、再び威厳を取り戻して相変わらずの調子で歩き続けるのである。

スコットはメイダのこういう気質をからかっては楽しんでいた。そして、こんなことを言った。「あの犬は若い犬たちといる時にはきまって、威厳などかなぐり捨てて、他の連中と少しも変わらずにはしゃぐのだが、私たちの前ではそうすることが気恥ずかしいのだよ。『若僧たち、馬鹿騒ぎはやめろ。もし俺までもお前たちに加わって騒いだとしたら、ご主人様やお客様が俺のことをどう思うか考えてもみろ』とでも言いたげだ」

メイダのこういう仕草を見ていると、友人のアダム・ファーガソンと連れ立って、軍用の客船で周遊旅行(19)をした時のある情景を思い出す、とスコットは言った。その時、二人は頑強な体格をした甲板長《ボースン》に気を引かれて見ていたが、甲板長の方も彼らの視線を明らかに意識していた。そんな折に、乗組員たちに向けて「さあ、楽しくやろう」という合図の号笛が鳴り、水夫たちは船のバンドの音楽に合わせながら踊ったりして、思いのままに遊び戯れて騒いだ。甲板長はその浮かれ騒ぎに加わりたいかのように、羨《うらや》ましそうな目つきで見物していたが、スコットとファーガソンの方を一瞥《いちべつ》した様子では、どうやら二人から軽蔑されるのを恐れて、自分の威厳を保つべきかどうか心中で葛藤《かっとう》しているように見受けられたという。しかし、ついに客船の食卓仲間の一人がやって来て、腕を摑《つか》んで彼を踊らせようとジグに引っぱり込もうとした。甲板長は少しためらったものの承知して、一、二度ぎこちなく踊ったが、その姿はわれらが友メイダの態度にそっくりだった、とスコットは言うのである。甲板長は間もなくして踊るのを止め、ズボンのバンドをぐっと引き上げるなり、二人の方を横目でチラリと見ながら言った。「こんなことをしていても仕方がない。いつまでも踊ってばかりいられやしないからな」

スコットは別の一匹の飼い犬についても、その気質をあげつらって楽しんでいた。それは、体は小さいがガラスのような大きい目をした、はにかみ屋のテリヤ犬で、軽蔑や侮辱に対してこの上なく敏感であった。スコットの話では、もし鞭《むち》で叩きでもしようものなら、この小犬はすごすごと逃げ出し、昼間から物置部屋に隠れてしまって出て来ないとのこと。そこからおびき出すには、食事の支度をしているときのような、トントンと小さな包丁の音を立てる以外にはないという。その音を聞くと慎ましやかに俯《うつむ》き加減でそっと出て来るが、もしそこを誰かに見つかったりしたならば、またこっそりと逃げ去ってしまうので始末が悪い。

われわれが仲間の犬たちのユーモラスな性質や気質について話をしている最中に、何かが犬たちの機嫌を損ねたらしく、子犬連中が鋭く苛立《いらだ》った声で吠え始めた。そして少し間をおいて、メイダもそれにつられて二、三度後足を蹴って前方に飛び出ると、口を一杯に開けてワンワンとその合唱に加わって吠え立てたのである。

しかし、それは一時的な爆発に過ぎなかった。メイダはすぐに尾を振りながら戻って来て、スコットに叱られるのか褒められるのか、不安そうな面持ちでご主人の顔を見上げたのだ。

「よしよし、メイダ！」とスコットは大声で言った。「お前はよくやった。お前が吠えたので、イールドンの丘陵[20]が揺れ動いたよ。だから今日はもう休んでいいんだよ。メイダはまるでコンスタンチノープルの重砲のようだな」と彼は言葉を続けた。「重砲は発砲準備に手間取るので、最初のうちは小銃で何度も援護するんだが、いよいよ重砲が唸《うな》ると、それがまさに本当のドカーンという一発だ」

こういう素朴な逸話は、スコットのユーモアに満ちた感性と愛敬《あいきょう》たっぷりの私生活を如実に物語っている。スコットの家にいる動物たちは、すべて彼の友人だった。彼の周囲では、あらゆるものが彼の好意を受けることで歓喜しているように思えた。最も慎ましやかな使用人でさえも、彼が近づくとまるで心のこもった励ましの言葉でも期待しているかのように顔を輝かせた。私がこのことをとりわけ強く感じたのは、新しく生まれ変わろうとしているアボッツフォード邸の建設のために数人の男たちが仕事をしている石切場に出かけた時だった。彼ら全員が、せっかくのスコットとのおしゃべりを存分に楽しもうと仕事の手を休めた。その中の一人はセルカークの住民だったが、スコットは彼を相手に古い歌の詞について冗談を飛ばしたのである。

セルカークの靴直しを立てて
うちの伯爵を倒せ。

別の一人はスコットランド教会の聖歌隊の先唱者で、日曜日に聖歌を指導するかたわら、冬場など戸外での労働が少ない時期には、週日、近在の若者や娘さんたちにダンスを教えていた。

こうした人たちの中に、背が高く背筋をスッとのばした老人がいた。彼は健康そうな顔色をして銀髪で、スキー帽のような帽子をかぶっていた。この老人は運搬用のレンガ箱を担ごうとしていたが、その動作を止めると、まるで順番を待つかのように青い眼を心持ち輝かせてスコットの方に視線を向けながら立っていた。つまり、彼は自分がスコットのお気に入りであることを知っていたのである。

スコットは物柔らかな態度で彼に言葉をかけて、嗅《か》ぎ煙草《たばこ》をひとつまみ所望した。老人が角製の嗅ぎ煙草入れを取り出すと、スコットは言った。「いや、そんな古い煙草入れじゃないよ。私がパリ土産《みやげ》に買って来てあげた、あの美しいフランス製のはどうしたんだね？」「あのですね旦那様、あのような煙草入れは週日なんかに使うもんじゃありませんよ」と、その老人は答えた。

石切場から立ち去る途中、スコットが私に語ったところによると、彼はパリに出かけた時、使用人たちにちょっとした土産をいくつか買って来たという。その中にその鮮やかな色をした嗅ぎ煙草入れもあったのだが、この老いた使用人にとっては日曜日だけの楽しみとして、たいそう大事に愛用していたものであった。「贈り物の価値よりはむしろ、遠くにいても主人が自分たちのことを心に留めておいてくれたことが、きっと彼らには嬉しいんだろうね」と、スコットは漏らした。

この老人がスコットの大変なお気に入りの人物であることは、私にも感じられた。私の記憶が正しければ、彼は若い頃は軍人であり、その直立不動の姿勢、血色のよい武骨な顔つき、白髪や青い眼の悪戯《いたずら》っぽい輝きは、私にイーディ・オウキルトリー(21)に関する描写を思い出させた。因《ちな》みに、その老人はウィルキ(22)によるスコット家を描いた絵の中にも登場している。

4　ロバート・バーンズ

スコットランドの歌の中にあっては馴染《なじ》み深く、またスコットが詩という豊かなマントを投げかけるずっと以前に、羊飼い詩人が歌ったことにより古典的な趣を醸《かも》し出している風景の中を、私たちは散策し続けた。カウデン・ノウ(23)のエニシダにおおわれた頭頂部が、トゥイード川付近の灰色の丘陵の上に覗《のぞ》いているのを初めて見た時、私は感激で身が震えた。またエトリック谷、あるいはガラ川やヤロー川の斜面などを眺めていると、感動的な場面が次々と脳裏に浮かんできた。つまり、一齣《ひとこま》一齣の情景が脳裏をよぎると、それに絡む家庭でよく口ずさまれるメロディーや、ほとんど忘却の彼方に追いやられてしまった、あの幼い頃に寝かしつけられながら聴かされた子守歌、そして、それを口ずさんでくれた今は亡き人たちの顔や声などが心に甦《よみがえ》ってきたのだ。スコットランドは傑出した歌の国である。そしてスコットランドの風景に、かくも優しい詩情の衣を纏《まと》わせたのは、幼い頃に聴いて耳に残り、しかも私たちが愛しつつ、幽明境《さかい》を異《こと》にする人たちの思い出と絡むメロディーの数々なのである。一般にスコットランドの歌には、どこか本質的に物悲しい風情がたゆたう。これはおそらく歌を作った人たちの牧歌的で孤独な生活に起因するもので、彼らの多くは人里離れた谷間や草木のない丘に追いやられ、その果てに、そこで羊の群れと共に生活を営む羽目になった人たちであったからだろう。これらの質朴な詩人たちは、大抵自分たちの作った美しい感動的な歌以外に、格別な名も残さずに世を去ってしまったが、その歌は、彼らがかつて住んでいた土地の付近で、こだまのように生き続けているのである。羊飼い詩人たちがこうした素朴な心情を吐露した多くの土地は、スコットの大のお気に入りでもある。こんなふうに、よく知られているメロディーはスコットランドのいかなる山、谷、街あるいは塔、緑の茂みや流れる川にも見出されるし、まさしくその名が一連の甘美な空想と情緒の要《かなめ》となっているのだ。

さて、話を先に進めよう。ロバート・バーンズ[24]の出生地エア[25]を訪れた折に、これらの素朴なメロディーの持つ迫力を痛切に感じたので、そのことについてお話しさせていただくことにする。私はバーンズの優しいちょっとした愛の詩[26]を頭に浮かべながら、ある朝ずっと、美しいドゥーン川[27]の土手や斜面の辺《あた》りで時を過ごしていた。そんな時に、たまたま校舎に改築されようとしていたアロウェイ教会[28]の廃墟で、ひとりの貧しいスコットランド人の大工が働いているところに出くわした。私の訪問の目的を知るや、彼は作業を止め、バーンズの亡父が埋葬されているすぐ近くの草深い墓地(29)に案内してくれて、そこに腰を下ろすと、彼が親しく知っていたというこの詩人について語ってくれた。彼によれば、バーンズの書いた詩は最も貧しく最も無学な田舎の人たちにさえも馴染み深いもので、「バーンズがこの辺りを背景にして美麗な詩を書いてくれたおかげで、この土地が一層美しくなったように思われる」ということだった。

　私はスコットがスコットランドの民衆の間で広く親しまれているいろんな歌に強い興味を持っていることが分かったが、彼もまた、私がそれらに深い関心を寄せていることを知って喜んでくれているようだった。このような歌を聴いているだけで、それを初めて耳にした幼い頃の様々な思い出や情景が心に甦ってきて感銘を受けた。そのことを知ると、スコットは不運な友人ライデンが、スコットランドの詩神に寄せた詩を思い出すと語った。

　血気盛んで陽気な青春の最初の朝、
　走り行く年月が過ぎ去らないうちに、

明け方の夢のように思い出され、
私はその甘いメロディーが流れるのを聴いた。
多くの淀みなくうねる調べの中に、
テヴィオットの流れる堤に沿って。

甘美な言葉の響きよ！　それはいつも私の
無垢《むく》な胸の悲しみを静めて休め、

そして、幼き日の私の涙を魔力で拭う。
詩のメロディーは優しい思い出をくり返し、
旅人が荒れ野で聞く遠いこだまのように、
二重の甘美な余韻を醸して響き渡る。

スコットは、スコットランドでよく知られている歌についての詳しい説明をさらに続けた。「このような歌は、われわれスコットランド人の相続すべき国家財産のひとつなんだよ」と彼は言った。「そして、われわれが真に自分たちのものと呼び得るものなのだ。こうした歌には、外国の空気に毒された痕跡がなく、ヒースの澄みきった息吹と山のそよ風の調べが漂っているのだ。スコットランド人、ウェールズ人、アイルランド人のように、古代ブリトン人の子孫としての正統な血筋を継ぐすべての民族には、その国独自のメロディーがある。一方、イングランド人にそれがないのは、彼らがこの土地の民族でないためか、あるいは少なくとも混血民族であるがゆえだろう。彼らの歌は、すべて外来の詞の断片を道化役者の上着かモザイクのように寄せ集めて構成されている。もっとも、スコットランドにおいてさえ、外国人の流入が最も著しかった東部地域では、民族的な歌は比較的少ないが。古くて本物のスコットランドの歌は、われわれが創り上げた記念碑、あるいは宝石のようなものであり、言い換えれば、民族の特徴が刻印された古き時代の貴重な遺産なんだよ。それはカメオのように、種族が混じり合う以前の時代に、この国の容貌がどんなものであったのかを物語るものなのだ」

5　トマス・キャンベル

スコットがこのように語っている間にも、われわれは狭い峡谷を通りぬけていた。犬たちはといえば、右へ左へと跳び回ったりなどしてじゃれていた。すると、その時突然、黒雷鳥が飛び立ったのである。

「ああ、これならウォルター名人はよい猟ができそうだな」とスコットは大声を出した。「家に戻ったら、彼に銃を持たせてこの辺に来させよう。ウォルターは今やわが家の狩猟係で、われわれのために獲物をとって来てくれるんだ。私は以前のように元気に歩き回れなくなったから、銃を持つことはほとんど彼にまかせたんだよ」

歩いているうちに、広く見渡せる丘の上に来た。「さしずめ天路歴程(30)の巡礼のように、ディレクタブル山の頂上に君をお連れしたよ」とスコットは言った。「ここからならば、周辺の美しい景色をすべてお見せすることができる。向こうに見えるのがラマミュア(31)とスモールホルム(32)。あそこはガラシールズ(33)、そしてトーウッドリーとガラ川(34)だ。あちらの方にはテヴィオットデール[35]、ヤロー川の斜面、さらに向こうにはエトリックの流れ[36]が銀の糸のようにうねってトゥイード川に流れ込んでいるのが見えるだろう」

こうして彼は、スコットランドの歌でよく知られている場所の名を次々と挙げたが、それらの大部分はスコット自身が書いたものによって、その当時ロマンティックな関心を誘う対象となっていたのである。事実、私は目の前に広がる境界地方《ボーダーズ》の雄大な景色を堪能することができた。そして、ある意味で世界を魅了した詩や小説に登場する場面を、目で追うことができたのだ。実を言うと、私ははじめ、辺りに目を走らせて驚いた。そして言葉を失った。その光景を見て、失望にも近い感情を禁じ得なかったからだ。すなわち、見渡す限り眺めたところで、目に映るのは十重《とえ》二十重《はたえ》と連なる、波打つ灰色の丘の単調な風景だけであったのだ。いささか大袈裟《おおげさ》な言い方だが、太ったハエが丘の輪郭に沿って歩いていたならば、おそらくそのハエの姿が確認できるのではないかと思えるほど、まったく樹木が見当たらなかった。そしてトゥイード川の剝《む》き出《だ》しの流れが樹木のない裸の丘の間を走り抜けているだけで、土手には一本の木もなければ茂みもなかったのである。だが、先述したように全体の風景にはすばらしい詩情とロマンスという魔法のマントが投げかけられていたので、私がイングランドで眺めた最も美しい風景よりもすっかり魅せられてしまったことは確かである。

私は黙って想いを胸にしまっておけない性分なので、あれやこれやと、つい物申すことになってしまった。その時、スコットは一瞬ふーんと呟《つぶや》いて、厳しい表情を浮かべた。彼は生まれ故郷の丘陵にけちをつけられるのと引き換えに、自分の詩才を褒められようとは思ってもみなかったのである。スコットはやっと口を開いた。「贔屓《ひいき》目《め》な言い方かもしれないが、私には灰色の丘陵やこの自然のままの境界《ボーダーズ》地方のすべてのものが、それぞれ特有の美しさを持っているように思えるんだ。どこか険しく凜《りん》とした孤独感が漂っているので、私はこの地方のありのままの自然の姿が好きなんだよ。飾り立てられた庭園の国のようなエディンバラあたりの華美な風景にしばらくの間、溶け込んでいると、私はこの素朴な灰色の丘陵に戻りたくてしようがなくなる。少なくとも年に一度ぐらいはヒースを見なければ、死んでしまうだろうよ！　死んでしまうだろうよ！」

この「死んでしまうだろうよ！」という言葉は、かなり真剣な面持ちで、しかも、それを強調しようと杖でドンと地面を突きながら口をついて出たので、いかに彼が熱っぽく力を入れて語っているかが分かった。さらに彼は、トゥイード川も元来、美しい流れだと弁護した上で、そこに樹木が生い茂っていないからといって、その川を嫌いになんかならないものだとも述べた。これは多分、スコットが若い頃に大いに釣りを楽しんだ経験に基づくものだろう。釣り師は竿や糸を使う際に邪魔になるので、川に木々の枝がおおいかぶさるのを好まないものだからだ。

私は機会をとらえて同様の旨《むね》を告げたが、この周辺の景色に対する失望は、自分が幼少期を過ごした生活環境となんらかの関連があるのではないか、と抗弁の道を求めた。私は鬱蒼《うっそう》とした森林におおわれた丘陵や樹木の果てしない広がりの中を流れる川に馴れ親しんでいたので、ロマンティックな風景というイメージは、大抵は緑豊かな樹木におおわれたものだと思い込んでいたからである。

「その通りだ。それが君の国の大きな魅力なんだよ」とスコットは声を大にして言った。「私がヒースを愛するのと同じように、君は森林を愛している。だからといって、私には壮大な森林地の景観のすばらしさが分からないなんて思われては困る。何百マイルも続く人跡未踏の森に囲まれて、君の国の広大な原生林のまん中で過ごすことほど私が憧《あこが》れているすばらしいものはないんだからね。私はかつて、リース(37)でアメリカから到着したばかりの巨大な材木を見たことがある。それがアメリカの大地にすっくと立って枝を張っていた時分には、さぞかし凄《すご》く大きな木であったに違いない。その時、私は感嘆してその大木《たいぼく》をじっと見つめたものだ。こうした材木は、時々エジプトなどから持ち込まれてヨーロッパのちっぽけな記念碑の顔色を失わせてしまう、そんな巨大なオベリスクのような印象を受けた。また事実、白人の侵入以前にインディアンたちを守った、これらの途方もなく巨大なアメリカ大陸固有の大木群は、君の国の記念碑であり、古代の遺産なのだよ」

ここでアメリカの風景が提供する詩的素材の実例として、話題はキャンベルの詩『ワイオミングのガートルード』(38)へと移った。スコットは同時代の作家の書いたものについての話題になると、きまっていつもの屈託のない口調になるのであった。彼は非常にうれしそうにキャンベルの作品中の数節を引用して言った。「どうしてキャンベルは、もっと次々にたくさんものを書いて、その才能を存分に発揮しないのか、残念でならない！　彼には空高く羽ばたける翼があるのに。時には実際にその翼を雄々しく広げはするものの、まるで飛び立つのを恐れてでもいるように、再び翼をたたんで止まり木に戻ってしまうのだ。彼は自分自身の力量を知らないし、またそれを信じようともしない。何かを立派にやりとげた時でさえも、彼は不安を感じてしまう性質《たち》なのだ。キャンベルが短詩『ロキールの警告』(39)の中に連なるべきすばらしい数節を除外していたので、私は彼に勧めて、そのうちの幾節かを挿入させたことがあるほどなんだ」。ここでスコットは、荘重な声の調子で、その数節をくり返し暗唱して聴かせてくれた。「予言的な兆し、俗に言う千里眼についての行《くだり》は、なんと見事な着想だろう。

起こらんとする出来事は、前方に影を投げかける。

これは崇高な思想であり、また崇高な表現である。他にもキャンベルには輝かしい作品『ホーエンリンデン』(40)があるんだ。ところが書き終わった後で、彼はこの作品をあまり高く評価せず、その一部はくだらない〈ドンドン太鼓とラッパの詩〉の類いであると考えていたんだ。だが、彼にそれを朗読してもらったら実にすばらしい。そこで、その旨を伝えると、ようやく彼はそれを出版する気になったのだよ」スコットはさらにつけ加えて言った。「こう言ってはなんだが、実際のところ、ある意味でキャンベルは自分自身が恐いんだろうと思う。初期の頃の成功の輝かしさが、その後のすべての努力の障害となっている気味がある。きっと彼は自分自身の名声が、その前方に投げかけた影に脅《おび》えているんだ」

私たちがこうしておしゃべりをしている時に、丘の方で銃声が聞こえた。「あれはウォルターだろう」とスコットは言った。「朝の勉強が終わって、銃を持って出かけて来たのだよ。だから、あの子が黒雷鳥に出くわしたとしても不思議ではない。もしそうならば、わが家の貯蔵食料が増えるわけだ。なにしろウォルターの銃の腕前はかなりのものだからね」

ウォルターがどんな勉強をしているのか私が尋ねると、スコットは言った。「本当のところ、とびきり優れた人間に育てるつもりなど毛頭ない。ウォルターについて言えば、子どもの頃に馬の乗り方、銃の撃ち方、そして真実を語ることの大切さだけを教えた。彼を教育する上で、その他の点については、この土地のある聖職者の息子でたいそう有能な青年に任せきりで、彼が私の子供たち全員の教育に当たっているんだよ」

その後、私は件《くだん》の青年と知り合いになった。彼はメルローズの牧師の息子で、ジョージ・トムソンという名の青年であり、豊かな学識と知性を持ち、慎ましい暮らしをしていた。彼は子どもたちの勉強を見るために、メルローズにある父親の家から毎日通って来ていて、時にはアボッツフォード邸で食事をすることもあったようだ。そこではたいそう大事にされていた。スコットがよく話していたところによると、この青年は背が高くて強健、その上、活動的でスポーツをとても好んでいたので、神はもともと彼を勇敢な軍人に創り上げようとしたのだが、不慮の事故に遭い、せっかくの芸術作品は損なわれてしまったのだという。つまり、彼は少年時代に片足を失って、義足を使う身となってしまったのである。そんなわけで、彼は聖職者の道を歩むことになったのだ。そのため時折、彼を知る人たちからは牧師さまと呼ばれていたが、その学識と実直さ、そして愛嬌《あいきょう》を振りまくちょっとひょうきんな面があるゆえに、この牧師サムソンの性格には様々な特徴が付与されていた。たしかスコットが小説を創作する時に、彼はよく筆記係として仕えていたと記憶している。大抵、子供たちは午前中の大部分の時間を彼と共に過ごし、その後戸外に出ては、いろんな種類の健康的な遊戯に興じていた。スコットは子供たちを育てる上で、知性と同様に身体を鍛えることにも気を配っていたからである。

それからあまり歩き進まないうちに、スコットの二人の娘たちがわれわれを迎えに丘の斜面を上って来るのが目に入った。朝の勉強が終わったので、丘を散歩して夕食時の髪飾りにするヒースの花を摘みに出かけて来たのだ。二人が初々しい小鹿のように軽く跳びはねながら近づいて来て、澄んだ夏のそよ風にそのドレスがひらひらと靡《なび》く様子を目の当たりにした時、私は『マーミオン』(41)の第一曲の序詩の部分で、スコット自身が自分の子供たちについて綴っている箇所を思い出した。

私の悪戯《いたずら》っ子たちは、頑健で大胆で、そして野性的で、
山の子にいかにもふさわしいように、
夏には、はしゃぎ戯れたり、また悲しげな様子をして、
心配そうに問いかけたりする。
「春はもう一度戻って来て、鳥や子羊は陽気に遊び、
さんざしの小枝はまた花で飾られるの？」と。

そうさ、子供たちよ、この通り、
雛菊《ひなぎく》の花は夏の住まいを彩《いろど》り、
さんざしは、またお前たちが、
楽しげに結ぶ花輪を贈り、
子羊は草地を跳ね回り、
鳥たちはひっきりなしに囀《さえず》り、

そしてお前たちも同じように、軽やかに遊び戯れていると、
夏の日はあまりに短く思われるだろう。

二人の娘たちが近づくと、犬たちは皆いっせいに駆け寄り、彼女らを囲むようにして、じゃれているような様子ではしゃぎまわった。二人はしばらく犬たちと戯れた後、健康と喜びに満ち溢れた表情を浮かべながら、われわれに合流した。その時、長女のソファイアはとても生き生きとして楽しげだった。彼女の会話には父親のさまざまな気性が大いに反映されており、スコットの言葉や表情を敏感に受け止めているように思われた。アンの方は物静かな雰囲気を漂わせており、どちらかと言えば無口だったが、それは、どうやら彼女がいくらか年下であるためであった。

6　晩餐《ばんさん》のひととき

夕食の時、スコットはお気に入りのやや田舎風の服を黒い服に着替えて現われた。彼の娘たちもすっかり身支度を整えて、先ほど丘の斜面で摘んだ紫の花がついた、ヒースの小枝を髪に差していた。また軽やかに歩く姿は、すばらしく新鮮で花が咲き零《こぼ》れているかのように美しかった。

私を除いて、この日の夕食に客人はいなかった。食卓の周りには二、三匹の犬が控えていた。老齢の猟犬であるメイダは、スコットのすぐ傍《そば》に座を占めて、何かを求めるように主人の顔を見上げていた。一方、人気者のスパニエル犬フィネッテはスコット夫人の近くに座っていたが、私にはこの犬が彼女によってすっかり甘やかされてしまっているのがすぐに分かった。

たまたま飼い犬たちの真価をめぐっての話題に触れると、スコットは深い思いと愛情をこめて、お気に入りだったテリヤ犬のキャンプについて語った。因《ちな》みに、この犬はスコットをモデルにした初期の版画の中で、彼の傍に座っているところが描かれている。彼はまるで死別した真の友人との想い出を偲《しの》ぶかのように、キャンプについて語った。すると、それを聴いていたソファイアはいたずらっぽく父親の顔を見上げて、「かわいそうにキャンプが死んだ時なんか、パパは涙を流して悲しみに暮れていたのよ」と、つい口に出してしまった。ここで私は、その後に経験したスコットの飼い犬に対する愛情と、それを示す彼のユーモラスな振舞いについて、もうひとつのエピソードを挙げたい。アボッツフォード邸に滞在中のある日の朝、屋敷に隣接する庭園を彼と一緒に散歩していた時、私は小さな古い墓を見つけた。その墓にはゴシック字体のラテン語で、

Cy git le preux Percy.
(勇敢なるパースィー　ここに眠る)

と記されていた。私はずっと昔に活躍した屈強な戦士の墓かと思って立ち止まったが、スコットは私を引っぱると、「いや、違うんだ」と首を横に振って言った。「私が戯れに作った単なる記念碑なんだ。この辺りにはたくさんあるんだよ」。後で分かったことだ

が、それは特にかわいがっていたパースィーという名のグレイハウンドの墓であった。

犬たちの他に、夕食の席に姿を現わし、この家で重要な立場と特権を有しているものの中に灰色の大きな猫がいた。時折、食卓のご馳走を少しお裾分けしてもらうところを目撃したが、この賢い年寄りの雌猫はご主人と奥さんの双方に気に入られていて、夜は彼らの寝室にもぐりこんで眠りに就いていた。夜間、猫の出入りができるように窓を開け放しにしておくことが、わが家の最も無用心な点のひとつだ、とスコットが笑いながら語っていたことを思い出した。この猫は家にいる四足動物の中でも、いわば優位な地位を占める存在であった。というのは、堂々とスコットの肘掛け椅子に座ったり、時にはまるで通り過ぎる家来を閲兵するかのようにドアの傍に置いてある椅子におさまって、犬が通るたびに耳のあたりを軽く叩いたりしていたからである。このひっかくような動作は、いつの場合でもこの猫に相応《ふさわ》しい行為とみなされていたのである。すなわち、それは実際、他のものどもに臣下であることを認識させるために猫が示す主権の行使に過ぎないと考えられており、犬たちはそれにまったく無言で服従する形で受け入れていたのである。その結果、主権者と従うものの間には、全体的に妙な調和が保たれて、時にはみんな一緒に日向《ひなた》で眠るということもあった。

食事をしながらスコットは会話に興じて、たくさんの逸話を披露してくれた。彼はスコットランド人の国民性を称賛し、近隣の人たちの物静かな態度、そして几帳面《きちょうめん》で誠実な人柄について賛辞を惜しまなかった。ただし、その昔いろんな騒動や反目や暴力などで知られた地域には、モス・トルーパー(42)や境界住民の子孫が住んでいるという理由から、そうした気質を受け継いだ人たちに出逢うことは期待できないだろうとも話した。彼によれば、シェリフという公の資格で何年間も司法に携わっていたが、その間に行なわれた裁判はほんのわずかしかなかったようである。しかし、スコットランド人の絡んだ古くからの不和や地域の利害、敵対心や憎悪などは、今はとりあえず収まっているものの、いつでも容易に頭をもたげる可能性があるようだ。なんでも、根強い怨恨は今日でもしつこく残っており、古くから続く、いわゆる排他的な精神が働き、村落間でのサッカーの試合ですら、必ずしも友好的に行なわれるとは限らない。彼の言葉を借りれば、スコットランド人の方がイングランド人より執念深くて恨みを長く持ち続け、場合によっては数年の間、表に噴出しなかったとしても結局は必ず恨みつらみを晴らす民族であるという。

高地人《ハイランダー》と低地人《ローランダー》の間に横たわる過去の妬《ねた》み嫉《そね》みは深く、高地人は低地人を勇敢さと強健さに劣る民族として見下しているが、同時に低地人の方が洗練されているという点では勝っていると考えて態度を硬化するきらいがある。このため、他の土地から初めて来た者にとって、高地人は怒りっぽく厄介な相手と思われ、ちょっとしたことでも向きになる人種として受け止められてしまうのである。したがって、このような歴史的な背景があるので、高地人とは、彼らの気に入るような論理をもって接した方がよい。

スコットは、高地《ハイランド》の荒れ地に住居を定めたマンゴウ・パーク兄弟の兄(43)のことを、この種の適例として引いた。それによると、彼はそこに住んで間もなくして、周囲から闖入《ちんにゅう》者《しゃ》と揶揄《やゆ》され、丘の上の鼻持ちならぬ高慢な連中の間には、喧嘩を吹っかければ低地の出であることを卑下し尻尾を巻いて逃げ帰るにちがいないという空気が漂っていたようだ。

しばらくの間、彼はつとめて冷静に彼らの毒舌や嘲弄《ちょうろう》に耐えていたが、とうとう堪忍《かんにん》袋《ぶくろ》の緒が切れたところにひとりの男がつけこんで、短剣を抜くやいなや彼の目の前にそれをかざした。そして、お前の住んでいたところでは、こんな武器など見たことがないだろうと相手の感情を煽《あお》った。「あるとも！」と、このヘラクレスのような大男のパークは、その短剣を摑《つか》むと一撃のもとに樫《かし》の木のテーブルを下までぶちぬいて挑発に応えたという。「低地から来た男が、悪魔でさえも引き抜くことが出来ない所まで短剣を突き刺した、とお前の仲間たちに言うんだな」。すると、そこに居合わせた連中は、その早業と啖呵《たんか》にぞっこん惚《ほ》れこんでしまったのだという話である。やがて、彼らはパークと親しくしようと杯を交わし、それからというもの、いつまでも変わることなく信頼し合える友人となったのである。

7　若きイングランドの騎士

夕食後、われわれは客間に席を移した。そこは書斎や書庫としても使われていた。壁を背にした傍《かたわ》らには引き出しが付いた長い書き物用の机があり、その上に、真鍮《しんちゅう》の飾りがふんだんにちりばめてある折り戸の付いた艶《つや》やかな木製の小さな整理箱が置いてあった。その中にスコットの一番大切な書類が保管されていた。整理箱の上方にある壁龕《ニッチ》のようなものの中には、光沢を帯びた鋼鉄製の胴鎧《どうよろい》に閉じた甲《かぶと》がかぶされ、手首をおおう籠手《こて》と戦斧を握った甲冑《かっちゅう》が一式置かれてあった。さらに、その周りには様々な種類の記念品や遺品が並べられていた。戦士ティプー・サイブが使った厚刃の戦斧サイマイター、フロッデン(44)の戦場で使われた高地《ハイランド》(45)の広刃の刀、古戦場バノックバーンの一対のリッポンの拍車、そして中でもロブ・ロイが所有していたと伝えられている彼のイニシャルR・M・Gが刻印された銃が際立っていた。スコットが、この名うての無法者の話を基にした小説を実際に執筆中ということもあって、とりわけロブ・ロイの持っていた銃は、その時の私にとっては興味の的であった。

先の整理箱の両側には書棚があって、いろんな国の言語で書かれた中世騎士に関する冒険物語がたくさん収蔵されており、そのいずれもがほとんど年代物の稀覯本《きこうぼん》であった。しかし、当時スコットの蔵書の大部分はエディンバラの家にあったので、ここにはアボッツフォード邸用にと持ち込まれた蔵書だけしかなかった。

珍しい物が詰まっている小さな整理箱から、スコットはワーテルロー(46)の戦場で見つけたという一枚の手書きの文書を取り出した。その整理箱の中には、当時フランスで流行していたいくつかの歌の写しがあった。取り出した紙には血痕が付着していた。「これは、まず間違いなく血気盛んな若い士官あたりの血だ」と、スコットは言った。「パリにいる恋人の形見として、これらの歌を大切にしていたのだろう」

スコットは穏やかながらも楽しげな様子で、ウルフ将軍(47)によって作詩され、同将軍が栄光のうちに戦死したケベック猛攻撃の前夜、彼が晩餐の席で歌ったとされる陽気と憂鬱とが半々に入り交じった短い従軍歌について語ってくれた。

さあ、兵士たちよ、

なぜ憂鬱になるのか？
さあ、兵士たちよ、なぜなんだ。
我らの仕事は死ぬことなのに。
次の戦いで、
もし死ぬならば、
もはや苦しみからは解放される。
だが生きながらえたならば、
また酒とやさしい女性が、
みんなに活力を与えてくれる。

「同じように、ワーテルローで死んだ気の毒な若者も、きっと戦いの前夜にテントの中で、ここに書かれた歌を歌ったことだろうよ」とスコットはつけ加えた。「それを教えてくれた美しい女性を思い浮かべながら、そして、もし戦いを生きのびたなら栄光に輝き胸を張って彼女の許《もと》に帰ろうと誓いながらね」

後にスコットはこれらの歌詞を英訳し、自分のいくつかの短い詩の中で紹介している。

さて、その日の夕べのひとときは、半ば書斎、半ば客間の、古風で趣のある部屋の中で楽しく過ぎていった。スコットはアーサー王の古い騎士物語の中から数節を読んで聴かせてくれたが、その深く朗々とした、すばらしい荘重な声の調子は、古風な髭文字《ひげもじ》の書物にふさわしかった。考えてもみてほしい。このような作品が、このような人物によって、このような場所で朗読されたのである。しかも、私はそれを拝聴する機会に恵まれたのである。これほど贅沢《ぜいたく》なもてなしはなかった。また大きな肘掛け椅子に座り、足元にお気に入りの犬メイダを従え、書物や廃墟の古遺物、そして境界地方《ボーダーズ》の記念物に囲まれて朗読するスコットの姿は実に見事で、まるで風格のあるすばらしい一幅の絵画を鑑賞しているかのような気分になった。

スコットが書物を読んでいる間、先に述べた賢い猫は暖炉のそばの椅子に座って、まるで読む声に耳を傾けるかのように目を据えて厳《いか》めしい態度でじっとしていた。私はスコットに、あの猫は文学作品の髭文字を理解して好んでいるように見える、と話しかけた。

「ああ、そうだとも。猫はとても神秘的な生き物だからね」と彼は答えた。「私たちが気づいている以上に、多くのことがいつも彼らの胸中には去来しているんだ。それは彼らが魔女や魔法使いと、たいそう親密な間柄であることからも疑いないよ」。さらに彼は、ある晩に小屋に戻る途中だった小作農についての話を聴かせてくれた。その男は人里離れた淋しい場所で、全員が喪服を着て、黒いビロードの覆い布をかけた棺《ひつぎ》に入った亡骸《なきがら》を墓地に運んでいる猫の葬列に出くわしたのだという。あまりに奇妙な行列に度肝を抜かれ、少し恐くなってしまった男は、急いで家に戻って、妻や子どもたちにそこで目撃した光景を話した。彼の話が終わると同時に、暖炉のそばで座っていた大きな黒猫がすっくと起き上がって、「これで、わしが猫の王様だ」と叫ぶと、煙突の中へ消え去ってしまったのだという。実は男が見たものは、猫王朝の葬式だったのである。

スコットはつけ加えて言った。「ここにいる私たちの猫も、時々主権者のような態度をとって私に今の話を思い起こさせるんだよ。この猫も身分を隠している偉大な王子で、いつの日か王位に即《つ》くのかもしれないから、敬意を払って丁重に接遇しているのさ」

こういった具合に、スコットは周囲にいる物言わぬ動物たちの習慣や特徴でさえも、ユーモラスな話や奇抜な物語の題材にしてしまうのである。

この日の夕べは、ソファイア・スコットが父親のリクエストに応じて、即興で歌を披露してくれたこともあり、華やかなものになった。彼女は再度スコットに求められるや、素直に、そして機嫌よくリクエストに応じた。彼女の歌唱する歌はすべてスコットランド語で、これといった伴奏もなく、ごく簡素な形で披露された。だが、精一杯心を込め、情感豊かな表情で、しかもこの地方の方言を織り交ぜながら歌ってくれたので一層味わい深いものになった。いずれにしても、寛容の精神を持つ古いジャコバイト(48)の歌のいくつかを、彼女が陽気な調子で元気よく、生き生きと歌うのを聴く機会に接することが出来てうれしかった。実に楽しいひとときであった。これらの歌は、かつてはスコットランドの王位を狙う者を支持する人たちの間で流行し、その歌の中で僭称者《せんしょうしゃ》は〈若き騎士〉の通称で呼ばれていたのである。

スコットは、スコットランドに対して忠誠心を持っていたにもかかわらず、これらの歌を大変気に入っていた。というのは、もはやスチュアートの血筋を引く者たちによる恐怖が全くなくなっていた当時、その不幸な騎士は、ハノーバー家の多くの熱心な支持者と同様に、スコットにとっても常に物語の主人公的存在になっていたからである。そんな話をしている際、好奇心をそそられるようなことに話が及んだ。それは彼が政府から依頼されて目を通していた騎士関係の文書の中に紛れ込んでいたものであり、一七七八年にアメリカにいる支持者からチャールズに宛てた非公式文書で、未開拓地で王旗を掲げることを提案したものであった。残念ながら、その時私はこの問題についてスコットに突っ込んで聞くことをしなかったが、イギリス政府が所有しているその僭称者に関わる書類の中に、今でもこの文書は必ず残っているはずである。

その晩スコットは、部屋に掛かっている奇妙な絵画についての話を聞かせてくれた。この絵画は、彼のためにと知り合いの婦人が描いたものであった。そこにはずっと昔の、富に恵まれたハンサムな若いイングランドの騎士の、悲嘆に暮れ当惑している姿が描かれていた。この騎士は境界地方《ボーダーズ》闖入の際に捕えられるや、頑固でしかも横暴な老男爵の城に無理やり連行されたのであった。不運なことに、騎士は地下牢に放り込まれ、やがて城門の前には彼を処刑するための高い絞首台が用意された。すべての準備が調ったところで、彼は城の広間に引きずり出された。完全武装した兵士たちが包囲する中、威張った態度で椅子に座っている冷酷な男爵が、綱にぶら下がるか、それとも自分の娘と結婚するか、どちらかを選択しろと詰め寄った。後者を選ぶのは容易なことだと思われるかもしれない。しかし、これとて酷な選択であった。実際、男爵の娘は口が耳から耳にかけて裂けており、二目と見られないほど醜い容貌をしていたので、愛のためにしても、あるいは財産目当てにしても、彼女に求婚する者はこれまで現われず、境界地方《ボーダーズ》のどこへ行っても彼女は通称〈大口マグ〉と呼ばれ、縁遠い存在であったからである。

問題の絵画は、この凜々《りり》しい若き騎士の不幸なジレンマを描いたものであった。彼の前には、冷酷な男爵が、このような娘の父親に似つかわしい顔つきで、冷ややかに睨《にら》みをきかせながら椅子に座っている。彼の片側では、例の〈大口マグ〉が満面になまめかしい笑みを浮かべ、身も凍りつくような意地悪そうなゾッとする眼差しを注いでいるのである。反対側では、ずる賢い修道士である教誨師《きょうかいし》が、その青年の肘を小突いて絞首台の方に押しやる様子が、開かれた扉の間を通して遠方に見える。

話をさらに進めると、結婚の祭壇と絞首台の間で青年騎士の心は長い間揺れ動いたが、生への執着が勝り、とうとう彼は〈大口マグ〉の魔力に屈したのである。ところが、である。おおかたの予想に反して、この結婚は幸せなものとなったのだ。男爵の娘は美しくこそなかったけれど、とても貞淑な妻として幸せな生活を送ったのである。彼女の夫となった青年騎士は、普通はしばしば襲いがちな、幸せな結婚生活を壊すような疑念や嫉妬に決して煩《わずら》わされることなく、由緒正しい正系を辿《たど》る家系の父祖となり、その血筋は今なお境界地方《ボーダーズ》で栄えているとのことである。

私はぼんやりした記憶を辿りながら、その話のほんの粗筋《あらすじ》を述べたに過ぎない。おそらくスコットがそれを語った時の愛敬たっぷりの仕草やユーモアにあふれた口調を記憶に留めている方によって、機会をあらためてさらに内容豊かに語られることだろう。

その夜は寝室に退いてもおよそ眠れそうな気分ではなかった。敬愛するスコットの家の屋根の下にいること、トゥイード川の流れる境界地方《ボーダーズ》で、少し前までは騎士道色の強い物語で知られた場所のど真ん中にいること、またとりわけ、散策した時の回想、その時に一緒だった連れの人たち、さらにその間に交わした会話など、すべてのことが走馬灯のように頭の中を駆け回り、ほとんど眠気を追い払ってしまっていたからである。

8　ロバート・ブルースの心臓

　翌朝、太陽の光は丘を越え、低い格子窓を通して射していた。私は早起きして、窓の上に枝を伸ばした薔薇《ばら》の間から戸外を見渡した。すると驚いたことに、スコットはすでに起床して中庭に出ており、そこにあった石塊のひとつに腰を下ろして、なんと、これから新しくなろうとしているアボッツフォード邸の仕事に取りかかっていた職人たちとおしゃべりをしているではないか。昨日はあれほど私のために時間を浪費したので、今日は朝からスケジュールがびっしり詰まっているものとばかり思っていたが、彼は日向《ひなた》ぼっこをして寛《くつろ》いでおり、まるで何もすることがない暇人のように見えた。

　私はすぐに着替えをして、彼のいるところに出て行った。そこで彼はアボッツフォード邸について考えている計画を私に話してくれた。もし彼が小さな蔓草《つるくさ》におおわれた心地よいコテージ風の田舎家や、私が訪問した当時の簡素だが温かくて来客者に優しいライフ・スタイルに満足することができたならば、彼にとってはそれが幸せだったであろうに。ところが、巨額の費用を投じたアボッツフォード邸の建設に加えて、彼は召使い、従者、来客者、さらには爵位にふさわしいライフ・スタイルに大金を注ぎ込んでしまったのである。挙句《あげく》の果てに、財布は枯渇して骨の折れる仕事を自らに課すことになり、ついに彼の精神はその重圧により押しつぶされる羽目になったのである。

しかし、この時点ではまだ、すべてが未完成で単に前途を睨んだものであり、スコットは将来の住居を自分の小説から生まれた架空の産物のひとつのように頭の中で好き勝手に思い描いては満足していたのである。「それは私の天上の宮殿のひとつなんだ」と彼は言った。「そして、私はそれを固い石とモルタルに成り下がらせてしまった」。この辺りには、メルローズ寺院で見られたような様々な破片の類いがあちこちに散乱していたが、それらは彼の邸宅の一部として組み込まれる予定のものであった。実際、彼はすでにこのような材料を使って、泉の辺《ほとり》に一種のゴシック風の礼拝堂を作り、その上に小さな石の十字架を立てていた。

われわれの眼の前に放置されていた寺院の遺物の中に、赤い石で作られたものなのか、それとも赤く塗られたものなのか判然としないが、いずれにせよ、とても風変わりで年代物の小さなライオンの紋章があった。私はその紋章がとても気に入った。それが誰の紋章であったかは失念したが、紋章の存在が偶然のきっかけとなって古く由緒あるメルローズ寺院の周辺を楽しく散策できたことは、決して忘れられない想い出のひとつである。

明らかにこの寺院は、スコットのあらゆる詩的でロマンティックな情緒を喚起させる建造物であった。また、同時に彼が若い頃に最も空想的で楽しい想いを寄せた対象として、深い愛着を抱いている寺院でもあった。彼は愛情をこめてその件に触れた。「あの栄華を極めた古い建物の中に、どれほどの財宝が隠されているかは計り知れない。いってみれば、そこは好古趣味を促すような略奪の場所として有名なんだ」と彼は言った。「建築家にとっては、古き時代の彫刻遺産の宝庫であり、詩人にとっては古い物語がふんだんに詰め込まれている魅力的な場所だ。その中から珍しいものを選び出すには、スティルトン・チーズ(49)の場合と同様の手法でやるのがいい。カビが生えていればいるほど、ますます結構というわけだ」

さらにスコットは、これまで一度も言及されたことがなく、あの信頼できるジョニー・バウアーの調査でさえも見落とされていたメルローズ寺院に纏《まつ》わる重大な出来事について触れた。スコットランドの英雄ロバート・ブルース(50)の心臓が、そこに埋葬されたという曰《いわ》く付きの話であった。死が迫るとブルースは巡礼の誓いを果たすために、死後、自分の心臓を聖地パレスチナに運び、聖墓の中に安置するように、と敬虔《けいけん》で騎士道精神にかなった要求をしたという美談や、その栄誉ある遺体を聖地に運ぶというジェイムズ・ダグラス卿(51)による国葬についても、スコットは詳細に語ってくれた。それによれば、そういった動乱期におけるジェイムズ卿の冒険談、スペインでの波乱に満ちた人生、そしてムーア人との聖戦による死、またそれに伴いロバート・ブルースの心臓が故郷に戻って来て由緒あるメルローズ寺院の聖なる壁の中に祭られるまでの数奇な運命など、いわば、こうした史実から多くのものが創造され得るということであった。

こんな話をしながら石塊の上に座っていたスコットが、目の前に横倒しになっている小さな赤いライオンの紋章をステッキでコツコツと叩くと、彼の粗い眉毛の下で灰色の目が燃えるように輝いた。ブルースの心臓に纏わるエピソードを連想させる神秘的で不可思議な感動と相俟って、いろいろな景色や人の存在、出来事などが、話の進展に合わせて彼の心の中に次々と浮かび上がってきたのである。それは、まるで詩や小説がぽんやりとスコットの想像の世界に割り込んできているかのように思われた。これらの話題と彼のお気に入りのメルローズ寺院の遺跡に関わる何かその種のことを、後になって彼が熟考していたことは、「寺院」に寄せた序文からも明白である。しかし、スコットがこうしたおぼろげではあるものの熱い構想を作品に結実させ得なかったのは、なんとも残念で仕方がない。

朝食の知らせでわれわれの会話は打ち切られたが、その時、私はこれほど興味深い話題を提供するきっかけを作ってくれたわが友、あの小さい赤いライオンにスコットが配慮を示してくれたことに感謝した。だから間もなく完成する大邸宅においても、このライオンの像に文字通りその歴史と威厳にふさわしい壁龕《ニッチ》か、あるいはしかるべき置き場が与えられることを懇願したのである。するとスコットは謹厳な面持ちのなかにもおどけた調子で、雄々しい小さなライオンの紋章を一生大事に取り扱おうと私に約束してくれた。という次第なので、私はこの赤いライオンの紋章が今もアボッツフォード邸で、その勇姿を披露していると思っている。

メルローズ寺院の遺産に関わる話題を打ち切る前に、スコットの絶妙なユーモア感覚を示すもうひとつの例を挙げたい。次に述べるのは人間の本物の頭蓋骨で、おそらく昔の快活な修道士たちのもののひとつと思われるが、彼らについては境界地方《ボーダーズ》の古いバラッドの中で満腔《まんこう》の敬意を込めて歌われている。

ああ、メルローズの修道士たちは、
金曜日に美味《おい》しいスープを作った。だがその日は断食日。
彼らは肉もビールも欲しがらぬ、
隣人たちがじっと我慢して持ちこたえている間は。

スコットはこの頭蓋骨の汚れを拭って磨き上げると、自分の部屋のベッドの真向かいにある洋箪笥《ようだんす》の上に置いた。その部屋で私が見た頭蓋骨は、歯を剝《む》いてとても陰気な表情を浮かべていた。これはアボッツフォード邸の迷信深いメイドたちにとって最大の恐怖と畏怖の対象であった。ところがスコットにしてみれば、彼女らの恐れ慄《おのの》く様子を眺めることほど楽しいものはなかったのである。時々、彼は着替えの際に、ネクタイをターバンのように頭蓋骨に巻きつけたりしたが、若いメイドたちの誰一人として、あえてそれを取り外そうとはしなかった。ご主人様がそのような歯を剝いた古い頭蓋骨に対して身の毛もよだつような不気味な趣味を持っているということは、彼女らの間ではたいそう不思議に思われており、首を傾《かし》げることしきりであった。

9　北方のキャンベル

その日の朝食時に、屋敷の境界について何年もの間、隣人のお偉いさんと訴訟で争っており、その〈北方のキャンベル〉と呼ばれる小柄な高地人《ハイランダー》の男について、スコットは面白い話を聴かせてくれた。屋敷の件は、この男の人生で最も重大な問題であり、彼の会話に決まって登場する話題であった。彼は会う人ごとに自分の置かれている状況を綿々と話して聴かせて、この事件の説明をし、さらに正確を期するために自分の所有地を示す大地図を作り、長さ数フィートにも及ぶ巨大な巻物をいつも肩に担いで歩いているのである。この〈北方のキャンベル〉は、胴が長く足の短いガニ股の小男で、普段は高地《ハイランド》の衣服を着ていた。そのため、大きな巻物を担ぎ、キルト服を着て、括弧《かっこ》のように曲がった足で歩き回る彼の姿は、いかにも奇妙奇天烈《きてれつ》であった。その姿は機《はた》の緒巻《おまき》のようなゴリアテ(52)の槍を肩に担いだ小さなダビデにも似ていた。

羊の毛の刈り込みが終わると、〈北方のキャンベル〉は決まって裁判に出廷するためにエディンバラに出向いた。宿で彼は食事代と宿泊代を倍額支払い、自分が戻るまでそのことを心に留めておいて、帰りの費用として取っておいてくれるようにと宿の主人に伝えるのだという。彼としてはエディンバラで弁護士に支払うために所持金のすべてを使い果たすので、帰途の経費をこのように確保しておくことが上策だと考えたのである。

エディンバラに出かけたある時、彼は弁護士を訪ねた。ところが、弁護士は不在であったものの、彼の妻は在宅であると告げられる。すかさず「奥様で結構です」と小柄のキャンベルは先方に伝えた。それが受け入れられて客間に通されると、彼はいつも持ち歩いている地図を広げて申し立ての事情を縷々《るる》述べ立て、すべてを話し終わると夫人にいつもの謝礼金を差し出した。彼女は受け取れないと首を横に振ったが、彼はそれを枉《ま》げて納めてくれるようにと執拗《しつよう》に迫った。「あなたにすっかりお話しすることができたので、大変満足しております。ご主人にお話しいたしたとしても同じなんです。充分用は足りましたので」と彼は語った。

スコットの話によれば、彼は境界線について二、三マイルのところまで相手の申し立てに歩み寄っているので、近いうちにその土地の所有者との決着がつくだろうとのことだった。私の記憶違いでなければ、スコットはその小男に訴訟事件と地図の件を、事を長引かせることで評判の〈ゆっくり屋のウイリー・モウグレー〉に委ねるように勧めておいたと付け加えたと思う。彼は周囲の人たちから多くの事件解決の依頼を受けているエディンバラの名士で、訪問を繰り返してはとめどもなく長々と話をすることによって役人をうんざりさせ、それを武器にいかなる裁判にも勝訴するという噂で評判の人物であった。

スコットの話の中によく登場するこのようなちょっとした小話や奇談は、その時の話題から巧まずに派生したもので、ごく自然であった。もっともこれらは、そこに至るまでの経緯や状況を詳《つまび》らかにしないまま、淡々とした調子で語られ、私の記憶からも遠のいてしまったので、真相をはっきりと浮彫りにさせるためにはしかるべき対応が必要なのであるが。いずれにしても、こうした逸話は、寛いだ気分に任せたスコットの心の襞《ひだ》の奥に潜むありのままの感情と人間性豊かな個性を細部まで如実に物語るものであろう。

スコットの娘のソファイアと息子のチャールズが、家族の中では彼のユーモアを解して、その種の話をことのほか楽しんでいるようだった。スコット夫人は必ずしも彼の話に変わらぬ注意を払って聴いているわけではなく、時々興醒めするような不用意な発言をすることもあった。たとえば、こんなことがあった。スコットが調子に乗ってマクナブの地主について語ろうとして、「奴もかわいそうな男だよ。もう死んでしまったんだからなぁ」と前置きをしながら、話をはじめたところ、夫人が思わず叫んだ。「まあ、あなた。マクナブの地主は死んでなんかいないでしょ。ねぇ、そうでしょ?」「本当だ」とスコットはユーモラスな中にも真面目な調子で答えた。「もし彼が死んでいないなら、とんでもないことをしてしまったわけだ。なにしろ、もう彼を埋葬してしまったんだからね!」

さすがに、こんな冗談はスコット夫人には全く通じないとみえて反応こそなかったが、運が悪かったのは、そこに居合わせたドミニで、彼はちょうど紅茶のカップを口元まで近づけたところにその話を聴いたので、ブッと勢いよく吹き出して中味の半分をテーブルに撒《ま》き散らしてしまったから大変。

10 〈足長ローキー〉の結婚

朝食後スコットは、郵便で受け取っていた校正刷りに手を入れることに、しばらく時を過ごした。すでに述べたように、ロブ・ロイの小説がその時すでに印刷中であったことから、多分その作品の校正刷りだったと思う。その当時、『ロブ・ロイ』を含めた『ウェーバリー小説群』(53)の原作者について、一体誰なのか、その正体が依然はっきりせず臆測《おくそく》が飛び交っていた。とはいうものの、いかに控え目に考えたところで、その大抵の作品はスコットによって書かれたものであることを疑う者はほとんどいなかった。スコットが原作者であったと思われる根拠のひとつは、彼自身が一度としてこの作品に触れなかったという点である。つまり、もし別の作家によって書かれたものだとすれば、彼ほどスコットランド的なもの、民族の歴史や地方の伝説が好きでたまらない人間ならば、この種の作品について口を閉ざしていることなど到底出来やしないからである。ましてや、好んで同時代の作家たちの書いた作品を引き合いに出したがるスコットが、である。さらに、絶えず境界地方《ボーダーズ》の歌の断片を吟唱したり、あるいはこの地方の様々の寓話を口にしていた事実から推察して、スコットが『ウェーバリー小説群』の原作者であることは想像に難くなく、いわば公然の秘密であった。しかし、自分の詩や一連のこうした小説群に関して、スコットは何一つ語ることはなかった。だからアボッツフォード邸に滞在中、私もその話題について触れることなく慎重に沈黙を守ったのである。(54)

ここで私は、その時には特に気にも留めなかったが、ちょっと奇異に感じたことがあったので、それについて述べておきたい。それは、子供たちが自分の作品に敬意を示してくれることに対する気恥ずかしさを、スコット自身が感じていたことであった。どうやら、スコットは子供たちには自分の書いたロマンティックな詩を読んでほしくなかったようだ。このことが分かったのはしばらく後になってからで、私がイングランドに戻った時、スコットの娘のひとりにアメリカで出版された彼の詩の縮刷版の全集を贈ったことに対する返信の一節によって窺《うかが》い知った次第である。それは次のように書かれていた。「前略ごめん下さい。アメリカ版の書物をご恵贈賜わり、そのご親切に対してソファイアに代わってお礼まで、というわけにはまいりません。そもそも、あのような形で送っていただかなければ知ることがなかったであろう父親の愚かさを、あなたはたくさん彼女に知らせてしまったからです。幼い時期には、これらの作品が決してあの子らの目に触れないようにと、私は特別な配慮を払ってきたのです」

さて、話を元に戻そう。スコットが短時間で前述の著作に関する仕事を終えると、われわれは連れ立って散歩に出かけた。若い娘たちもわれわれと一緒に出発したものの、あまり歩を進めないうちに年寄りの貧しい労働者と困窮したその家族に出会ったので、彼らを案内して家に引き返し、世話をすることになってしまった。

われわれはアボッツフォード付近を通過して、剝《む》き出《だ》しの荒れ地に一軒の、老朽化した屋敷風の侘《わ》びしい農家が佇《たたず》む、荒れ果てた様子の農場に行き着いた。スコットの話によると、これはローケンドと呼ばれる非常に古い世襲財産で、ほぼドン・キホーテの先祖伝来の屋敷と同じぐらいの価値があり、それと同様に、所有者に対しても代々受け継がれてきた威厳が付与されているのだという。その所有者は小地主で、無一文ではあっても由緒正しい古い血筋と家の格式を誇りにしているというのである。そこで彼は屋敷の所在地の名をとって人名とするスコットランドの慣習に従って、ローケンドと人々から呼ばれていたが、近隣では手足が長いことから〈足長ローキー〉の名で知られていた。こうしてスコットが彼の話をしている最中に、格子縞の肩掛けをヒラヒラさせながら、畑の縁を大股で歩いているローケンド本人が遠方に見えた。それは全身これ足と格子縞だけという恰好《かっこう》であったので、先ほどの通称は実に言い得て妙であった。

ローキーはこの近在以外の世界については何一つ知らなかった。スコットが言うには、戦後まもなくフランスからアボッツフォードに帰還した時、広く外国の事情について尋ねたいと近隣の人たちがスコットの家にやって来たという。その中に〈足長ローキー〉と、同様に無知なその兄がいた。二人はスコットにフランス国民に関して多くの質問を浴びせたが、彼らはフランス人をどこか遠くにいる野蛮な民族だと考えているような節があった。「それで、その野蛮人たちは自国でどんな暮らしをしているんですか？」とローキーは尋ねた。「彼らは文字を書くことや、計算が出来るんですか？」とも。だが、フランス人がアボッツフォードの善良な住民たちとほとんど同じぐらい文明の進んだ国の人間だと知った時、彼らの驚きようといったらなかったという。

長い間独身という気楽な身で暮らしていたローキーは、私がこの地を訪れる少し前に、突然、結婚したいという衝動に駆られたようだ。それにはみんな一様に驚いた。この話を聴いた貧しくも誇り高い親戚の人たちにとっては、一大事件であった。なんでも、彼が心に決めたそのうら若き女性というのは、彼よりひどく身分が低かったからである。

しかし、彼が決行しようとしている不釣り合いな結婚に異議を唱えたところで、所詮それは無駄であった。彼は一度決めたことは頑として変えない、そんなタイプの男だったからである。上等の服を着込んでロシナンテ(55)にも匹敵するような痩《や》せこけた馬に跨《また》が り、自分の鞍《くら》の後ろに添え鞍を付けると、彼はローケンドの古ぼけたあばら屋の女房とするべく、意中の慎ましやかな女性を連れ帰るために馬を走らせた。彼女はトゥイード川の向こう側の村に住んでいたのである。

この種の小さな出来事でも、このような静かな片田舎では大騒動なのである。〈足長ローキー〉が花嫁を迎えるためにトゥイード川を渡ったという情報は、メルローズの村や近在の家々にすぐに伝わった。すべての善良な人たちは、橋のところに集結して彼の帰還を待ちわびた。ところが、ローキーは彼らを落胆させてしまった。彼はずっと離れた浅瀬を渡り、誰にも気づかれることなく家まで花嫁を無事に連れ帰ったからである。

さて、事の成り行きを先へ進めて、その一、二年後にスコットの手紙で知らされた、かわいそうなローキーの運命をお話ししよう。結婚した時から、絶えず親族の干渉を受けて、彼にはもはや平穏な時などまったくと言っていいほど、なくなってしまっていたのである。というのは、ローキーが自分勝手な流儀で幸せを手に入れるなんてことを彼らが許すはずもなく、努めてその妻と不仲になるように仕向けたからである。ローキーは彼女を中傷するような雑音を、どれひとつとして信用しなかった。しかし、妻の名誉を守るために絶えず闘わなければならなかったことで、彼は身も心もボロボロになってしまったのである。最後のもめごとは、父親が相続した屋敷の前で、ローキーの兄弟たちを相手にして起こったものであった。両者の間で猛烈な口論が始まった。ローキーは彼女の清純な貞節を信じると激しい調子で言い放つと、自宅のドアの敷居のところに倒れ込んで、息絶えてしまったのである。このような背景があるので、ローキーの容姿、性格、名前、逸話や運命などは、スコットの小説のどれかひとつの中に不朽の存在として、その名をとどめる価値があると思い、私はスコットが引き続き書いた作品の中にローキーが登場していないかと探してみたのだが、結局見つけることができなかった。

11　詩人トマスと妖精の国の女王

善人のローキーの領地を通過した後で、スコットは遠方にあるイールドンの石を指し示した。そこには昔、イールドンの木が立っており、その木の下で詩人トマスが、[56]その土地の伝統に従って予言をしたが、そのうちのいくつかは、今なお古いバラッドの中に残っている。

ここでわれわれは方向を転じて、小さな流れに沿ってスコットランド特有の閑静な峡谷を登った。小川は囁《ささや》くように、そして、時には激しく流れてところどころに滝を作り、場所によっては、ナナカマドや樺《かば》の木が枝を差し伸べて、鬱蒼《うつそう》と茂っていた。「今、私たちは由緒ある場所、いうなれば妖精の国に足を踏み込んでいるのだよ」とスコットは言った。「ここは詩人トマスがよく来たところで、妖精の国の女王にも逢った場所なんだ。それから、これがお化けの川、別名鬼の小川と言って、女王は馬のたてがみに付いた銀の鈴を鳴らしながら灰色の斑馬《まだらうま》に乗って川沿いに走ったのだ」

さらに彼は立ち止まって話した。「ここなんだ、詩人トマスが瞑想《めいそう》したり眠ったりしたハントリーの土手とは。その時に彼は妖精の国の女王に逢った、いや逢った夢を見たわけさ」

正直者トマスはハントリーの土手で横になっていた時、
その眼で妖精をつかまえた。
そして美しい女性が馬に乗って、
イールドンの木の傍《そば》を下って来るのを見た。

彼女のスカートは若草色をした緑の絹で、
マントは上等のビロード。
馬のたてがみの結び目ごとに、
五十九の銀の鈴が垂れていた。

スコットはここで詩の数連をくり返し口ずさんだ。そして、詩人トマスが妖精に出逢い、彼女によって妖精の国へと連れ去られた様子を詳しく話した。

そして七年の歳月が流れるまで
正直者トマスの姿は、この世で一度も見かけられなかった。

「これは絶品の昔話だ。第一級の妖精物語へと発展させられるかもしれない」と彼は言った。

スコットはいつものように先頭に立って、魔法のかかった峡谷を足を引きずりながら登り、その道々話し続けた。ところが、彼は私に背を向けていたので、私にはオルガンの低音の喘《あえ》ぎのように深い唸《うな》るような彼の声が聞こえるだけで、うまく言葉を聴き取ることが出来なかった。しかし、やっと足を止めてスコットが私の方に顔を向けた時、彼が詩人トマスに纏《まつ》わる境界地方《ボーダーズ》の吟遊詩の一節を暗唱しているのが分かった。物語や伝説の多いこの地方をスコットと一緒に散策する時は、いつもこんな調子だった。スコットの心は、周囲に存在するあらゆるものに関連した伝説的な物語で満ち溢れていたのだ。そして、彼は歩きながら、まるで息を吐き出すように言葉を紡《つむ》ぎ出していたが、明らかにそれは彼に同行する者の喜びであると同時に、彼自身の満足でもあった。

私たちが歩いている丘も小川も、
伝説や歌を持たないものは何一つとしてない。

スコットの声は深く響いて朗々としていた。そして、その言葉にはスコットランド訛《なまり》があり、ノーサンブリアン風(57)に〈rの口蓋音《こうがいおん》〉が多少響いたが、私にはそれが彼の話しぶりに田舎訛独特の力強さと簡明さを与えているように思われた。スコットが詩を朗読する時は、きまって、そこに崇高な趣が醸し出される。

黒い猟犬である私の友ハムレットが悲しむべき窮地に追い込まれたのは、この散策の最中であったと思う。いつものように、犬たちは谷間や野原を跳ねまわり、はしゃいでいたが、いつの間にか彼らの姿がわれわれの視界から消えていた。するとその時、左手の少し離れた所で犬の吠える声が聞こえた。すぐその後で、何頭かの羊が疾走し、犬たちがそれを追っている様子が目に飛び込んできた。スコットはいつもボタン穴にかけている象牙の笛を吹いて犬たちを呼び集めたが、ハムレットだけがその中にいなかったのだ。丘陵の窪地全体を一望できる土手に急いで登ると、黒いデンマーク王子のハムレットが、血を流して死んでいる一頭の羊の側《そば》に佇んでいるところに行き逢った。その死骸《しがい》はまだ温かかったが、喉《のど》には致命的な傷が認められた。しかもハムレットの鼻面は血で汚れていたのである。これほどまでに完璧な現行犯で捕えられた犯人はいなかったろう。私は哀れなハムレットの運命はこれで確定したと思った。というのは、たくさんの羊が放牧される地方では、犬が羊に牙を剝く罪ほど重いものはないからである。ところがスコットは、自分の飼育している羊よりも犬の方を大いに重んじていたのである。犬たちはスコットの仲間であり友人であったからだ。ハムレットも御多分に漏れず、型破りで生意気な若い犬だけれども、まぎれもなくスコットのお気に入りであった。であるから、しばらくの間、スコットには羊を殺したのがハムレットであろうなどとは信じられなかったのである。つまり犯人は近在のどこかの駄犬に相違なく、われわれが近づいたのでハムレットに罪をかぶせて逃げ去ってしまったのだと思ったのである。しかしながら、証拠はあまりにも歴然としており、どう見てもハムレットの有罪は免れない現場状況だった。「うーん、そうなると、この罪の一部は私自身の過ちでもあるな」とスコットは言った。「ここのところ、しばらく私はハムレットを連れて猟に出かけなかったので、かわいそうにこの犬は獲物を追いかけて、その熱気を発散させる機会がなかったのだよ。もし時々ウサギでも追いかけていたら、決して羊に手を出すようなことはなかっただろうよ」

後で分かったことだが、スコットは実際に馬を手に入れ、時々ハムレットを連れて猟に出てみたところ、この犬は羊肉に対する興味をそれ以上示さなかったそうである。

12　アンドルー・ゲムルズ

さらに丘陵の間を歩いていると、スコットがローマ軍の陣営の遺跡に間違いないと言う場所に行き着いた。そして、われわれはかつて塁壁の一部になっていたという小高い所に腰を下ろした。すると、スコットは塹壕線《ざんごうせん》、障壁、陣門などの跡を指し示して、好古家のオールドバック(58)自身の面目を失わせないほどの軍営設置法に関する知識を披瀝《ひれき》した。実際、訪問中に観察した様々な状況から、私はモンクバーンズの好古家的な気質の多くはスコット自身の豊かに形成された人格に由来したものであること、あるいはまた、その称賛すべき小説のいくつかの場面や登場人物は、彼の住む近隣から生まれたものであると得心が行った。

スコットはアンドルー・ゲムルズ、もっとも彼の発音ではガメルになるが、そういう名の、近隣で夙《つと》に知られた貧民についての逸話を話してくれた。以前、この男はアボッツフォードの真向かいのガラ川の辺で羽振りのよい生活を送っていたことがあり、スコットの幼い頃にはよく会って話したり冗談を言い合ったりする間柄であったようだ。この話を聴いて私は即座に、彼は哲学的な放浪者たちの鑑《かがみ》であり、乞食たちの中でも賢明な長老であるイーディ・オウキルトリーにとても似ていると思った。私はまさに実名を挙げて、その人物はオウキルトリーとそっくりであると口の先まで言葉が出かかったが、それを飲み込んでしまった。その頃、スコットが小説を書くにあたって登場人物を匿名にしていることが頭を掠《かす》めたからである。だがこれは、スコットが『ウェーバリー小説群』の原作者であると私に確信させる、いくつかある根拠のうちの有力なひとつであった。

アンドルー・ゲムルズに纏わるスコットの話を聴いていると、悪戯好《いたずらず》きでエスプリに富んだユーモアを好む気質はもちろん、身の丈から身のこなし方、そして軍人のような態度に至るまでイーディのそれとまったく合致していたのである。もし彼に家があったとすれば、それはガラシールズということになるのだが、彼はその地方を緑の茂みに沿って、あるいは川の側を放浪していたので、トゥイード川、エトリック川、そしてヤロー川の峡谷一帯では、いわば生きた年代記のような存在だと思われていた。彼は家から家へと噂話を運び、住民たちに関わることや彼らの関心事について、ささやかなりにも独自の意見を述べていた。だが、彼らの犯した過ちや愚行にまで話が及ぶと、全く躊躇《ちゅうちょ》することなく苦言を呈することもあったということだ。

スコットが補足して言うには、アンドルー・ゲムルズのように古いスコットランドの歌曲を歌ったり、物語や伝説の類いを語ったり、冬の長い夕べに、よもやま話をすることのできる利口な乞食は、人里離れた寂しい牧師館や田舎家では決して招かざる客ではなかったようだ。子供たちは走り出てゲムルズを出迎えると、炉端の片隅の温かい所に彼が座る椅子を置いて、彼の語る話に夢中になった。また年長の人たちは特別の客人としてゲムルズを歓迎したものだったという。

アンドルーとしては、教区牧師が教区民に対するように、自分を迎えてくれるすべての人たちと接し、提供される施しは牧師が供物を受けるのと同様に、当然の報酬として受け取っていた。どちらかといえばアンドルーは、生活のために汗を流して働く人たちより自分の方がむしろ身分が高いと考えており、心の中では食事や寝床を提供してくれる勤勉な農民たちを軽蔑していたようなところがある、とスコットは重ねて付け加えたように記憶している。

ゲムルズに見られる、どことなく貴族的な観念は、こうして請われるままに片田舎の連中《ジエントリー》と時々付き合ってきた経験から生まれたものであった。だが、このような人たちにしてみれば、時として暇な時間を潰《つぶ》すための仲間が必要であったのだ。アンドルーは時折彼らとトランプやダイスに興じたが、そうした賭け事に必要な銀貨がなかったことは一度としてなく、また、お金などはたいして重要ではないとばかりに男っぷりを発揮して賭けていたし、あのような紳士然とした冷静な負け方は誰にでもできることではなかった。

こうして時折彼を親しく迎え入れていた人たちの中に、トーウッドリーの父譲りの豪邸に住んでいるガラ地域出身のジョン・スコット老人(59)がいた。ところが、その頃はまだ階級の区別が遵守《じゅんしゅ》されており、領主は窓の内側に座を取り、乞食は窓の外側に座って、窓の下枠の上でトランプ遊びに興じていたのである。

アンドルーは時々思っていることをたいそう気さくに領主に話したりしていた。とりわけ、領主が父譲りの土地をいくらか売って、その売り上げ金で前より大きい家を建てた時のアンドルーの言葉は振《ふる》っていた。その言葉には、あのイーディ・オウキルトリーの辛辣《しんらつ》さがそこはかとなく窺《うかが》えた。「それはまあ、大変結構。大変結構な話ですな、トーウッドリー」と彼は言った。「だがね、あのような立派な親父さんを持つ君が、丘の斜面にカッコウの巣のようなものを作るために、大切な屋敷を二つも売ろうなんて、誰が考えただろうかね？」

13　イングランドからの来客

その日はイングランドからの二人の旅行者がアボッツフォードに到着した。ひとりは土地を持っている富裕な紳士で、もうひとりは若い牧師であったが、紳士の方は聖職任命権を有しているらしく、旅行のお付きとして牧師を一緒に連れて来たらしい。

その紳士は、イングランドにならどこにでもいるような、育ちのよいごくありふれた人物のひとりという印象を受けた。彼はスコットを非常に尊敬していて、彼と一緒の時は絶えず抽象論に狙いをつけて、博学をひけらかすような態度で振舞おうとするのだが、それに対してスコットは、ほとんど興味を示さなかった。スコットの会話はいつもの通り、折々に逸話や物語が盛り込まれて、力強くもあり、真髄にふれたユーモラスなものであった。育ちのよい紳士を見ていると、彼はあまりに鈍感で話の要点をつかめないのか、あるいは妙に紳士面をするあまり、スコットの話に充分興ずることが出来ないかの、どちらかの様子であった。一方、素直な牧師は上品過ぎて会話を楽しめないなどということはなく、冗談を聴くたびに大声でひっきりなしに笑いこけて、まるでポケットの中の貨幣より心の中に多くの楽しみを持っている人間のように、束の間の会話を楽しんでいた。

二人がその場を立ち去った後で、彼ら一人ひとりの態度について様々な寸評が行なわれた。スコットは裕福な男の育ちのよさときちんとした作法については大いに敬意を払っていたが、冗談を耳にする度に露わになる、垢抜《あかぬ》けしないまでも心から楽しんでいた素直な牧師の態度には、先の裕福な紳士以上に好意を示した。「私はあの紳士のように生まれついた人生が最上のものとは思わない」と彼は言った。「たとえ牧師はその財力で、あの紳士ほど多くは世の中のものを自由に出来ないにしても、他人様《ひとさま》が目の前に用意してくれたものを享受するという点においてならば、あの紳士を間違いなく凌駕《りょうが》するだろう」。彼はさらに続けて言った。「概して言えば、私は紳士の育ちのよさが窺える仕草よりも、素直な牧師の善良な気質の方が好きだ。私はおおらかな笑い方のできる人を敬愛しているからね」

さらに彼は、ここ数年間スコットランドにあふれているイングランド人旅行者たちについて語り、彼らが古いしきたりを持つスコットランド的な特質を損ねているのではないかと疑問を投げかけた。「以前、彼らはあたりの景色を眺めるわけでもなく、ただ荒れ地の獲物を射るという目的のために、時々狩猟家としてここに来ていた」と彼は言った。「そして、彼らなりの勝手な流儀でスコットランドの人たちと張り合いながら、遠慮もなく好き放題にスコットランドじゅうを闊歩《かつぽ》していた。しかし現在、彼らは遺跡を見学したり、金銭の浪費を目的に、馬車に乗りお供を従えてやって来る。彼らの惜しげもない浪費がスコットランドの一般の人たちには仇《あだ》となっているのだ。そのために彼らは、イングランド人たちとの商売では強欲になり、金を貪欲《どんよく》に追い求め、本当に取るに足らないサービスに対しても不当な要求をするようになるんだ」とスコットは続けた。「昔のわがスコットランドの下層階級の人々には比較的欲というものがなかった。彼らは訪問者たちの行楽気分を盛り上げたり、好奇心を満たしてやるために無償のサービスを提供し、それもほんのわずかな報酬で満足していたのだ。ところが今の彼らときたら、岩山や廃墟を見せることを生業《なりわい》として、あげくイタリアの案内人のように強欲になってしまった。彼らはイングランド人を足の生えた財布と考えているんだ。つまり、搾ればしぼるほど、ますます多くの金を置いて行くという道理だ」

私はその問題に関しては、スコットにもかなりの責任があるのではないかと批判した。

そもそも、好奇心旺盛な旅行者たちを呼び寄せたのは、スコットがその著作によってスコットランドの穴場とも言うべき多くの風光明媚《ふうこうめいび》な場所に投げかけたロマンティックなイメージによるところが大きいからだ。

そのような情況が頭の中に甦《よみがえ》ってきたのか、スコットは笑って、私の言い分はある意味で的を射ていると言った。グレンロスでのある時のこと、客入りの非常に少ない小さな宿を営んでいる年輩の婦人が、スコットの世話をする際に示す過剰とも思える親切心や丁重さに、彼はいぶかしみながらも、全く辟易《へきえき》したのだという。しかし、その理由がついに判明した。彼が宿を出発しようとしていた時、彼女は何度も繰り返して深々とお辞儀をするなり、カトリン湖(60)について美しい書物をお書きになったお方なんでしょ、と尋ねてきたというのだ。そしてスコットの本がカトリン湖の宿屋にたいそうご利益をもたらしたという話を耳にしたので、彼女のところの湖についても少し書いてもらいたいと頼んできたのだ。

14 『マーミオン』

その翌日、私はスコットや若い娘たちと一緒にドライバラ寺院へ遠出した。われわれは二頭の毛並みの良い年老いた黒馬が引く幌《ほろ》のない馬車に乗って出かけたが、スコットはこの馬たちにも、他の物言わぬ動物たちと同様に深い愛情を注いでいるようだった。われわれの行く道は詩情豊かであり、歴史的にも由緒ある景色がつづいていたので、そのほとんどについてスコットは何かを語るべきところだった。馬車で行く道の途中で、彼は数マイル遠方に見えた草木も生えていない丘の頂上に佇む〈スモールホルムの塔〉と呼ばれる、古い国境の城、すなわち要塞とサンディー・ノウの岩かどがある、ごつごつした小高い丘を指し示した。そこは幼少の頃の思い出もあり、格別愛着の深い場所だ、とスコットは言った。彼の祖父はそこにある古いスモールホルム農園の家に住んでいた。そして彼はわずか二歳の時に、足が不自由なこともあり、丘の澄んだきれいな空気を胸いっぱい吸うことができるかもしれないという理由でここに連れて来られて、祖母と叔母たちが彼の一切の面倒をみたのである。

代表作『マーミオン』の第三曲の序詩で、スコットは祖父や農家の家庭生活を描いている。また、そこには懐かしき少年時代の愉快な姿も描写されている。

今でもなお、空しくもなつかしく、
私はいつでも思い出せる。
夕べの暖炉で輝いていた優しい見慣れた一人ひとりの顔を。
草葺《くさぶ》き屋根の家の中にいる、白髪のまじった祖父の顔。
学問はなくとも知恵があり、それでいて素朴で善良で、
その出と言えば、スコットランドでも名家の血筋の家柄。
年老いても眼光の素早く走る目は、
澄んで鋭く、若き頃には、さぞかし輝いたことを髣髴《ほうふつ》させる。
不仲な隣人たちは彼の最後の審判を求めてあくせくする。
だが公正さを保ちつつも料金を取らずに、満足している祖父だった。
次に思い出すのは、

いつも来ていたお偉い牧師さん。
その生活ぶりや振舞いは、
学者としても聖者としても、立派なお手本になっていた。
ああ、きまって私は彼の話を、
浮かれ騒ぎの無作法や時をわきまえない冗談で遮《さえぎ》ったものだ。
私は強情で向こう見ずで、その上荒っぽい、
我儘《わがまま》っ子。おばあちゃんの甘やかしっ子。
けれども半ばは厄介もの、半ばは笑いものの種として、
辛抱強く愛されて優しく抱かれたものだ。

スコットが伝説的な物語や境界地方《ボーダーズ》の伝統や民族の古い歌曲、そしてバラッドに対する情熱を初めて心に留めたのは、スモールホルムの岩かどの家に住んでいる頃だったようだ。彼の祖母と叔母たちは、スコットランドの田園生活の中に非常によく溶け込んでいたこの種の伝承に精通していた。彼女らは冬の長く陰鬱な日々が続く時期になると、夜はきまって暖炉の片隅でよもやま話の類いを好む連中を交えて、いろんな話題を楽し

んでいたという。そして幼いウォルターは、そこに座って耳を澄ませて聴き入り、多くのすばらしい物語の種子を幼い心の中に植えつけていったのである。

当時、祖父の家の仕事をしていた年老いた羊飼いがいて、彼はいつも日の当たる壁の下に座っては靴下を編みながら面白い話を語ってくれたり、昔のバラッドを歌ってくれたようだ。また天気のよい日に、スコットは車椅子で戸外に出て、何時間もの間、その老人が語る話を、傍らで耳を傾けて聴いていたものだったという。

サンディー・ノウの環境は、物語の語り手と聴き手の双方にとって好都合だった。すなわち、そこからは中世時代の塔、幽霊の出没する峡谷、そして魔法使いが跋扈《ばっこ》する川といった、境界地方《ボーダーズ》全体の風景を見渡すことができたからである。こういう風景の中にいたからこそ、老羊飼いは話を進めながらも、事が起こったまさにその場所を指し示すことができたのだ。このようにして、スコットは自力で歩けるようになるまでに、将来の作品群に登場する様々な場所に馴染《なじ》み深くなっていたのである。それらのすべては魔法の力を借りることによってはじめて見ることができるもので、以後、彼の想像の世界の中で生き続け、小説に漂うあの独特の風味を醸《かも》し出したのである。いうなれば、このサンディー・ノウの高みから、スコットは自分の未来の栄光を約束してくれた土地を生まれて初めて見渡したと言ってもよいであろう。

さて、スコットの作品群に言及すれば、そこに描かれた多くの情景や古い塔や少年時代に親しんだ場面などは、すでに引用した『マーミオン』の冒頭部の中に容易に見つけ出すことができる。これはスコットの場合にはよくあることで、彼の作品群に現われる出来事や、そこに漂う情感は、ともすれば彼の話とごちゃ混ぜになってしまう嫌いがある。なぜならば、それらは彼が現実の生活の中で見たり聞いたりしたものから摂取されたものであり、同時に彼がそこで生活しながら周辺を走きまわるなどして自己を形成するのに資した場面とも関連しているからである。過ぎ去った形象の多くを呼び起こし、言葉にできぬほどの感銘に浸ることにはなるが、それでも私は躊躇《ちゅうちょ》することなく塔に関する数節を左記に引用したい。

こうして子供の頃に魅せられた話の筋を
好き勝手に真似をしているうちに、
まだ荒削りではあるけれど、いまだに趣のある音を奏でながら、
少年の頃の思いが蘇《よみがえ》って来る。

また、人生のはじめに呼び起こされた感情が
詩の行に輝き、そして歌へと誘う。
それから目覚めた空想の中に、
私の心を奪った岩かどや山の塔が姿を現わす。
広大な川が勢いよく流れて、そこに、
おそらく英雄の歌が生まれることはないけれど、
また夏のそよ風に揺られ木立がため息をついて、
もっと優しい愛の物語を思いつかせることはないけれど、
小さな流れの速さが、
羊飼いの蘆笛《あしぶえ》に忠順を求めることも殆どないけれど、
それでも詩的な衝動は緑の丘や、
澄んだ青空から舞い降りてくるものだ。
それはむき出しの断崖が荒く重なり、不毛の荒涼たる光景であった。
けれども、あちらこちらには、
いとも美しいビロードの芝生が、

その間に横たわっていた。
そして孤独な幼い子どもは、
ニオイアラセイトウの花が咲き、
スイカズラが低い岩かどや、
廃墟の壁を好んで這《は》う奥深い場所をよく知っていた。
太陽があたり一面を照らしてくれる。
そんな隠れ場所が、私にはいちばんよい木陰に映った。
そして、やはり私はあの砕かれた塔は、
人間の意匠が創り出した最高の傑作だと思っていた。
そして、私の心を惹《ひ》きつけた彼らの話。
年とった農夫のように、それを聴いて驚き耳を傾けた。
それは強引に、また無謀に行なわれた略奪者の話であった。
彼らは馬に拍車をかけて勢いよく飛び出し、
南方での略奪を何度もくり返した。
遥かに見えるチェビオットの丘は青く霞む。

やがて故郷に帰れば広間はお祭り騒ぎ、
さらに怒号と喧嘩で満たされるのであった。
入口の壊れたアーチでは、
今なお、荒々しく物音をたて、
傷痕《きずあと》のある厳《いか》めしい顔が、
窓の錆《さ》びた鉄格子越しの奥から睨みつけているように思われた。
そしていつも冬の時季になると炉端で、
私は昔の物語を聴いた。恐ろしい話や楽しい話、
つれない恋人や魅力を放つ婦人たち、
魔女の呪文や戦士の武器、
昔、剛勇のウォーレス(62)や
大胆なブルース(63)が勝った戦いについての話。
少し後に小競り合いが生じた場所、
高地《ハイランド》の高みから波のように押し寄せると、
スコットランドの氏族はとてつもない力で、

緋《ひ》色を纏《まと》った兵士を薙《な》ぎ倒した。
床に長々と寝そべって、
再び、私はその戦いを繰り返してみた。
小石と貝殻を順序よく並べて、
戦いを真似てそこに展開することで。
そしてスコットランドのライオン旗はなおも前進を続けると、
イングランド人は眼前でちりぢりに逃げ去ったのだ。

われわれが馬車を走らせている時、スコットは真剣な眼差しで遠くのサンディー・ノウの丘を見つめながら、今まで何度もその土地を買収し、あの古めかしい塔を改修して自分の住まいにしようと考えたことがあると告白した。しかし、バラッド「聖ヨハネ祭の前夜」(64)を書いて、サンディー・ノウに詩的でロマンティックな衣を纏わせたことによって、ある意味で、それが恩返しという形になった。そういう意味で言えば、スコットが若い日に心を寄せた、かくも興味深い記念碑を現在所有している人たちは、この塔がこれ以上荒廃しないように配慮していただきたいものだ。

サンディー・ノウからあまり遠くない地点で、スコットは丘の上に佇むもうひとつの古い国境の砦《とりで》を指し示したが、それは子供の頃の彼の目には、いわば魔法のかかった城のように映っていたようだ。その古い国境の砦は境界地方《ボーダーズ》で最も古い一族であるヘーグ家、またの名をド・ハーガという一族の所有する男爵邸ビマーサイド塔(65)だった。詩人トマスの予言を受けて、そこにはほとんど一面に魔法使いの呪文がかけられていると思われていたそうで、幼い日のスコットはそれを結構固く信じ込んでいたと語った。

起これ、起これ、何が起こるとも、
ヘーグはビマーサイドのヘーグとならん。

さらにスコットは、この事例については尊敬すべきトマスが偽りの予言者ではなかったことを証明する、いくつかの詳細な事実を添えて語った。というのは、境界地方《ボーダーズ》にあって転変の激しい時代の流れの中、城の多くが廃墟と化し、かつて所有していた誇り高き一族を貧窮に追い込んだあらゆる反目、侵略、火災を乗り越えて、ビマーサイドの塔が今なお無傷の姿を保ち、現在でも古きヘーグ家の力強い砦として存在していることは周知の事実であったからだ。

さらに、予言はしばしば現実のものとなる。たとえば、詩人トマスの予言によって、ヘーグ家の人たちが安全な拠《よ》り所をこの塔に求めたゆえに幽閉されてしまったという事実も、その一例である。彼らはこの予言さえなければ、このような状態に陥ることはなかったかもしれない。だが、予言により、ほとんど呪力《じゅりょく》とか魔力といった力によってこの塔に閉じ込められて、困苦と不自由さを耐えぬくことになったのである。

後に私はドライバラ寺院で、予言という宿命を背負いそれに固執した一族の埋葬地を見たが、その碑文は古き歴史に彼らが価値を置いていたことを物語っていた。

墓所
古き歴史を有する一族
ビマーサイドの
ド・ハーガ家

少年時代を振り返って懐かしく語っている際、スコットは幼い頃に不自由であった足の状態が次第に癒《い》えてきたことに気づいたと打ち明けた。やがて足に力が入るようになり、足を引きずる状態ではあったけれども、少年期にはそれほど不自由することもなく歩き回ることができるようになっていたようだ。彼はしばしば家を出ると、土地のあらゆる種類のゴシップ話を聴いたり、名勝と呼ばれる場所や名の知れた人物に接するなどして、何日も続けてあたり一帯を彷徨《ほうこう》した。彼の父親はいつもこの放浪癖に悩まされ、首を横に振りながら、この子は将来、行商人にしかなれないだろうとよく語っていたという。ところがスコットは成長するにつれて、狩猟を大変好むようになり、狩りをしたり銃猟をしたりすることで多くの時間を過ごすようになった。狩猟を続けていくうちに、スコットランドで最も荒涼とした人跡まれな場所にまで足を踏み入れることになったのである。このようにして、彼はそれ以来自分自身のペンによって明らかにしてきた土地に関する知識を集積することができたのである。

スコットの話によると、初めてカトリン湖に行ったのは狩猟で遠出をした少年期の頃のことだったという。彼の名作『湖上の麗人』の舞台となったロマンティックな住まいのあるカトリン湖の小島には、当時、老人とその妻が住んでいた。ところが、ある日、その家には誰もおらず空家状態であった。この老夫婦が鍵をドアの下に隠して魚釣りに出かけてしまっていたからである。その頃は平穏な住まいだったが、その後まもなくして密猟者が頻繁に出没する場所に変貌してしまい、こうしたことに伴う騒動は、老夫婦が締め出しを食らうという結末に至るまで進行していたのである。

後年になって、スコットがこの土地について見聞したことを自分自身の作品に取り入れるようになると、かつて彷徨した多くの場所を再び訪れるなどして、少年の頃に夢中になった伝説や歌について、かろうじて残存しているものを収集しようと鋭意努めたのだった。スコットが語るところによれば、境界地方《ボーダーズ》の吟遊詩を収集する時には、家から家へと歩き回ることを常として、たとえたった二連程度の詩行であっても、話好きな老女たちから知っていることすべてを繰り返し話してもらい、これらの話の断片を繋《つな》ぎ合わせることによって、独自の魅力を具えたすばらしい古いバラッドや伝説が忘れ去られないように努めたのだという。

残念ながら、ドライバラ寺院をスコットと一緒に訪れた時のことについては忘れてしまい、ほとんど何も思い出すことができない。ドライバラ寺院はバカン伯爵の私有地にあって、ゴシック時代の文化遺産を後世に伝える宗教色に富んだ建築物で、廃墟と化した寺院であったが、スコットにとっては祖先の地下納骨所、墓地、記念碑などがあるために格別に興味を引くところであった。彼はこのようなところが、エキセントリックな貴族の代表格のような伯爵の所有地にあって、その干渉を受けなければならないことを非常に腹立たしく感じていたようだ。しかしながら伯爵の方としては、これらの墓所の遺跡には絶大なる価値を置いていたのだ。いつの日かスコットをここに埋葬することで、記念碑を付け加えるという栄誉に浴したいと大きな期待を寄せていたのである。そして、その記念碑は北方の偉大な吟遊詩人にふさわしいものにするつもりだと声高々と表明したのである。それは賛辞のつもりであったのだろうが、標的にされた当事者のスコットとしては、気分のいいものではなく、およそ喜ぶに値しないことだった。

15　執事レイドローとエトリックの詩人ホッグ

アボッツフォードの付近をスコットに同行して楽しんだ散策の中の一齣《ひとこま》に、執事として専従していたウィリアム・レイドロー氏(66)とのひとときがあった。彼はスコットが特別に遇していた人物である。レイドローは十分な資産を有する家庭に生まれ、高い教育を受けたので、様々な知識を豊富に蓄えていた上に、立派な徳も身につけていた。しかし不運に見舞われて財産を失ってしまったため、スコットは彼を雇って屋敷の管理を依頼したのである。彼はアボッツフォードの上方の山腹にある小さな農家に住んでいたが、スコットは彼を使用人というよりはむしろ、信頼できるとても大切な友人として扱っていた。

その日はあいにく、にわか雨に見舞われそうだったので、トミー・パーディー(67)という名の従者がスコットのプレード(68)を持ってついて来た。この男は特筆に値する人物である。娘のソファイア・スコットなどは、いつも彼を父親の首相と呼んで親しんでいた。ところがある日、彼女が父親の腕にぶら下がったりしてはしゃいでいる傍らで、父親のスコットとトミーが農場の経営に関する問題について議論をしていたようだ。ある晩、彼女はその模様を得々として話してくれた。その話とは、こうである。意見を述べ合っている最中にパーディーが自説を枉《ま》げずに頑固に言い張るものだから、領地で処理すべき問題についての議論が白熱してしまい、とうとう家の前で延々と続ける羽目になってしまったという。ついにスコットの方が業を煮やしてしまって「わかった。もうそれ以上言うな、トム。お前の好きなようにするがいい」と声を荒げると、自分の言い分を押し通さずに折れて出て、その議論を止めてしまった。

しかし、しばらくするとパーディーは居間のドアのところまでやって来て、こう言った。「ずっと、あの件について考えていたのですが、大所高所から判断して、やはりあなた様のご意見に従おうと思います」と。

この話が出るや、スコットはひとしきり笑いこけた。その後、両者の関係はある老いた地主と彼が目をかけてきた召使いの場合に似ていると言った。召使いにさんざん放縦《ほうしよう》な生活をさせておいた老地主は堪忍袋の緒を切らして怒鳴った。「もう我慢がならん！これ以上私たちは一緒にはやっていけない。別れよう」「それじゃ、ご主人様はどこへ行かれるおつもりですか」と返事をしたのは召使い。

この他のことについて言えば、私がトミー・パーディーを観察したところによると、彼は幽霊や魔法使い、そしてあらゆる種類の迷信じみた伝説などを心底信じているところがあった。同時に彼はスコットランド人的なプライドを少しばかり信仰に加えた信心深い男でもあった。たとえば、彼の給料は年額二〇ポンド足らずにもかかわらず、家庭用の聖書に七ポンドもの金額を捻出《ねんしゅつ》するようなところがあったからである。もっとも彼には一〇〇ポンドの蓄えがあり、仲間から資産家として一目置かれていたことも事実であるが。

朝の散策の途中で、私たちはスコットの屋敷で仕事をしている労働者のひとりが住む小さな家に立ち寄った。スコットがそこを訪問した目的はローマ軍の陣営地から掘り出された遺物を調べることであり、私の記憶が正しければ、たしかそれは挟み具だと言っていたと思う。そこには血色のいい、健康そうな女性がいた。彼女はスコットがエイリーという名で呼んでいたこの家の主婦であった。その女性が骨董品《こっとうひん》を差し出すと、スコットは立ったまま骨董品を手にして、何度もひっくり返しながら、半ば真面目に半ばふざけ気味に鑑定した。すると間もなく、スコットの周囲を家人たちが取り囲んで、誰もがそれぞれに鑑定に加わったのである。その様子を見ているとモンクバーンズに住むとてつもない人物が再び心に浮かんだ。そして私は好古家としてもユーモリストとしても第一級の人物が学識もない懐疑的な隣人たちを相手に長々と話し続ける姿を目の当たりにしたのである。

スコットが土地の古代遺跡について触れたり、土地の伝説や迷信などに関してかなりくだけた調子で語っている時にはいつも、まるでその話題と戯れているかのような茶目っ気と、そこはかとないユーモアがその底流にあり、それが彼の表情にあらわれていた。話題に熱が入るあまり、彼は自分のユーモアや個性を茶化しているかのように私には思えて仕方なかった。とはいうものの、スコットの目に光る詩的なきらめきは、彼がこの骨董品に強い愛着と興味を持っていることの証左であった。「一般的に言って、古遺物研究家なるものが、あまりにも面白味のない人間であることが残念だ」と彼は言った。「彼らが扱っている事柄は実に豊富だ。それらは歴史的また詩的な追憶という意味でも、写実的なディテールにおいても、古風な趣と荘重さという点においても、そして、もはや廃れてしまったあらゆる種類の奇妙な儀礼や儀式などの点においても、同様だ。いわば古遺物研究家たちは、この上もなく希有《けう》な詩の素材を常に求めているにもかかわらず、その素材を詩に活用しようとはしない。ところが古い時代が遺したすべての素材には、程度の差こそあれ、それなりの曰《いわ》くはつきものなのだ。あるいはまた、その時代の環境や習慣を特徴づけるものを暗示して、人間の想像力を掻き立てるものだよ」

私個人としては、作品においても会話でも彼ほどの楽しい古遺物研究家には、これまでお目にかかったことがないし、またスコットが古遺物について語る際に、醸《かも》し出される穏やかであるがやや辛辣なユーモアは、私には絶妙にして特異なものとして映った。しかし実際のところ、スコットは自分自身に関わることについては、万事、過小に評価するところがあった。たしかに、天賦の才はあまりに易々《やすやす》と発揮されていたので、スコットはその絶大なる力に気付かなかったし、そのために他の人の努力や労力の面目を失わせるような自らの知性の戯れを軽んじていたのである。

この日の朝の散策で、われわれは再び詩人トマスの歌った峡谷を登ってハントリーの土手の傍《そば》を通り、ハントリーの森と銀色に輝く滝を訪れた。滝には樺《かば》の木とナナカマドが枝を差しかけていたが、そのいずれもがスコットランドの緑の茂みや小川の岸辺を優雅に飾る上品で美しい木々であった。剝き出しの丘や山をおおって、スコットランドの風景を創《つく》る緻密《ちみつ》に織られた衣となっているヒースも豊かな色で柔らかく辺りを彩《いろど》っていた。峡谷を登るにつれて眼前に眺望が開けてきた。櫓《やぐら》や小尖塔のあるメルローズ寺院が低く横たわり、その先にイールドン丘陵、カウデン・ノウ、トゥイード川、ガラ川、そしてさまざまな伝説で名高い景色が続いていた。その景色全体は日光のきらめきと激しいにわか雨に晒《さら》されて、さまざまな変化を見せていた。

いつもの通りスコットが先頭に立ち、彼は足を引きずりながらも大変威勢よく、そして上機嫌に境界地方《ボーダーズ》の詩や物語を断片的に唇にのせて歩いていた。散歩の途中で二、三度、これで漫《そぞ》ろ歩きは取り止めになるだろうと私が思ったほどの激しいにわか雨に見舞われたが、他の人たちはまるで晴れ渡ってでもいるかのように少しも気にかけずに、てくてくと歩き続けたのである。

だが、ついに我慢できずに、私はどこかで雨宿りをした方がよいのではないかと尋ねた。「そういえば、君がスコットランドの霧雨に慣れていないのを忘れていたよ」とスコットは言った。「これは、にわか雨というよりはグズグズ天気というやつだ。けれども、われわれスコットランド人は〈霧雨の子どもたち〉と言って、少しばかり雲がしくしく泣いても、ヒステリー女房の涙と同様で、別に気になんかしないのさ。だが君は朝の散歩でびしょ濡れになることにはもちろん慣れていないのだから、土手の陰で雨が止むまで少し待つことにしよう」スコットは茂みの木陰に腰を下ろすと、従者のトミー・パーディーに声をかけてプレードを取り寄せた。それから彼は私の方を振り向いて言った。「さあ、いらっしゃい。ここに来て古い歌をまねて、私の肩掛けにくるまるといい」。彼は自分の傍《そば》に私を座らせ、手をのばして肩掛けの一部で私の体を包んでくれた。そんなわけで、彼が言った通り、私はその腕の下に抱かれるような形になってしまった。

こうしてぴったりと寄り添っていると、スコットは峡谷の向こう側の土手にある穴を指さした。彼の説明によれば、それは年とった灰色のアナグマのねぐらで、このような悪天候の折には、たしかに快適な住みかとなっていたようだ。時々、スコットは穴の入口にいるアナグマを見たことがあると言うが、その姿は隠者が小屋のドアのところで祈りを唱えたり説教をしているような姿に見えたそうである。彼はこの神々しい隠者を大変尊敬していて、あえてその生活を乱すことはしなかった。それは詩人トマスのいわば後継者的存在であり、ひょっとすると妖精の国から戻って来たが、まだ妖精のかけた呪文が解けないでいるトマス自身かもしれなかったからだ。

ある弾みで会話はエトリックの詩人ホッグ(69)に移ったが、この話にはわれわれの傍に座っていたレイドローも加わった。ホッグはかつてレイドローの父のもとで羊飼いとして働いていたので、レイドローは彼についての興味深い秘話を多く語ってくれた。だが、私は現在それらのことについては、はっきりと記憶にとどめていない。レイドローが少年だった頃、二人はいつも一緒に羊の世話をしており、ホッグは瞑想をしているうちに最初に浮かんできたものをよく吟唱していたという。夜が訪れてレイドローが農家のベッドで心地よく眠りに就くと、貧しいホッグは丘の中腹の野原にある羊飼いの小屋へ行って何時間も目を閉じることなく横になって星を眺めては詩を作り、翌日それを相棒に聞かせるのだった。

スコットは心のこもった言葉づかいでホッグについて語り、大いに賞讃してやまない彼の美しい詩「ケルメニー」(70)の一節を暗唱した。また、ホッグと出版業者であるブラックウッドについて、面白い秘話をいくつか語って聞かせてくれた。その頃、ブラックウッドは出版業者として重要な地位を認められようとしていた。もちろん、それ以後もブラックウッドの占めた地位は不動であるが。

ホッグは自分の書いた詩の一篇で、多分「太陽の巡礼者たち」だと思うが、ちょっとばかり形而上学的な表現をしてしまい、彼の描く主人公と同じように曖昧《あいまい》な事態に陥ってしまった。ブラックウッドは好んで批評をしはじめた時期だったので、不明瞭な箇所は除くか明確にするか、どちらかにする必要があると強硬に主張した。しかし、ホッグはその表現を変えようとしなかったという。

「しかし、この箇所であなたが何を言おうとしているのか私には分かりません」とブラックウッドが詰め寄ると、ホッグは苛々《いらいら》しながら答えた。「しつこいよ、君。僕自身だって何を言っているのか、分からないんだから」

このような正直者のホッグと同じ境遇にある形而上学的な詩人は、さぞかし多いことだろう。

スコットは私が訪れている間に、このエトリックの羊飼い詩人ジェイムズ・ホッグをアボッツフォード邸に招待すると約束してくれた。私はそれまでに彼の性格や経歴について聞いたことや、彼の作品から得た大きな感動も重なり、ホッグに会うことを非常に楽しみにしていた。しかし、諸般の事情によりスコットはその約束を果たすことが出来なかった。大変残念なことであったが、結局私はスコットランドの生んだ独創性に富んだ国民的な詩人に会わずじまいでこの地を辞したのである。

どうやら天気が保《も》ったので、われわれは散策を続けて、ついに山の奥深くに美しい一面の水が広がっている場所にやって来た。(もし私の記憶が正しければ)そこはコールドシール湖と呼ばれていたと思う。スコットは領地にある地中海とも言うべきこの湖をとても自慢しており、アメリカの大きな湖に慣れてしまっている私に向かって、この小さな湖のよさが分かるか、と尋ねてきた。それから、眺めのよい湖の中ほどへ私を案内しようと言った。そこでわれわれは、スコットの隣人サマービル卿が湖に浮かべていた小さなボートで漕ぎ出すことにした。まさにボートに乗り込もうとしたその瞬間、私はベンチのひとつに大きな文字で「ナンバー2を探せ」と書かれてあるのに気づいた。私は一瞬動きを止めて、以前に読んだのか聞いたのかは忘れてしまったが、その言葉の意味が何であったかを思い出そうとしながら、書いてある言葉を大声でくり返してみた。「ふん、困ったものだ。サマービル卿の戯言《ざれごと》だよ。まあ、乗りたまえ」とスコットが叫んだ。その時だった。「ナンバー1を探せ」という台詞《せりふ》が出てくるスコットの名作『好古家』(71)のあるシーンが私の心に閃《ひらめ》いたのは。「ああ、思い出しました!」と言って、私は思い出し笑いを我慢しながら座席についたが、その件についてはもうそれ以上触れることはなかった。

われわれは、美しい風景が見渡せるこの湖にボートを浮かべて楽しく漕いでまわった。そんな時にも、スコットは興味深い逸話を語って聞かせてくれた。この湖に出没する水牛の姿をした化け物の話であった。その化け物は水中深くに住んでいて、時折、地上に出て来てはまさに丘陵を揺り動かすほどの恐ろしいドスのきいた声で咆哮《ほうこう》するのだという。この話はずっと昔から近在では広く知られており、当時そこに住んでいた男がその水牛を見たと言明するものだから、近隣の純朴な人々の多くは、その言い分を固く信じ込んでいたのである。「私もあえてその話を否定しようとは思わないよ」とスコットは言った。「なぜなら、隣人たちがそこに棲息していても当然だと考えるような魚でも獣でも鳥でも、私の湖にはたくさんいてほしいからだよ。しかも、このような迷信じみた話は、大屋敷にはつきもので、大地と結びついている一種のスコットランドの財産なのだからね。われわれの川や湖は、あらゆる水の精や湖の魔女のいるドイツの川や湖と似ているんだよ。しかも私は、この種の水陸両生の化け物とか妖怪が大好きなのさ」

16　スコットランドの妖精

ボートから降りて陸に上がった後、スコットはこの辺りの山々の厳めしく淋しい景色の中に点在する自然を残したままの川や湖に、スコットランド人が住まわせたいと願う架空の生き物に纏《まつ》わる秘話を織り交ぜながら、たくさんの話をしてくれた。また、それらとヨーロッパ北方の諸民族の間で信じられている類似した迷信との比較にまで話が及んだ。しかし、彼は他のどの国よりもスコットランドの環境の方が野性的で生彩を放つ空想を育むには適していると言い切って、その理由をいくつか挙げた。すなわちそれらは、風景の特質、霧がかかって荘厳でぼんやりとした天候、激動を伴った陰鬱な歴史上の事件、氏族ごとの棲《す》み分け、土地固有の感情、観念と偏見、山地住民の隔離された生活によって生じた突拍子もない特殊な観念が統合されることによって創られた固有の方言、多くの時間を人里離れた山腹で過ごす牧人たちの孤独な習慣、時代から時代へ、あるいは世代から世代へと伝えられた土地に根ざした古い物語を有するあらゆる岩や小川を表現した伝統的な歌曲、こういったことに所以《ゆえん》すると言うのである。さらに、彼はスコットランド人の精神は詩情と強固な常識とから形成されていて、後者の強固さそのものが前者に永続性と豊饒《ほうじょう》さを与えているのだと言った。すなわち土壌が肥沃であるので、ひとたび詩の種子がそこに舞い落ちると、深く根をおろして実を結ぶと言うのである。「これらの広く知られている物語や歌や迷信を、スコットランドから取り去ってしまうことなど到底できない」と彼は言った。「人々はこうしたものを信じていると言うよりはむしろ、これらに喜びを感じているのだ。つまり、このような物語や歌や迷信などは、彼らが気に入っている故郷の山や川、そして誇りにしている祖先の歴史に由来するものだからなんだ」

彼はさらに続けた。「多くのスコットランドの貧しい田舎の人たちが、大抵十分な広さに恵まれた炉の隅に座って、老婆や放浪する乞食の話に耳を傾けている光景、すなわち彼らの話すお化けや魔法使い、あるいは侵略や略奪、また境界《ボーダーズ》地方で起こった武力的な衝突についての昔話、またはトランペットの音のように真のスコットランド人の血を掻き立てさせる戦闘の名が随所に一杯詰まっているバラッドの吟唱を聴きながら、長くて暗く物寂しい冬の夜を過ごしている場面に接することがあれば、きっと君はほのぼのとした気分になるに相違ない。これらの伝統的な物語やバラッドは父から子へ、というよりは祖母から孫へと伝えられ、口承という形態によってのみ長い間生き続けてきたのであって、貧しい農民階級にとっては一種の世襲財産のようなものなのだ。これらに代わって小説作品を読んでくれるような巡回図書館などはないのだから、こういったものを彼らから奪い取ってしまうのは酷な話だろう」

スコットの語った言葉を正確に述べているとは言わないまでも、私はわずかばかりの覚え書きとぼんやりした記憶から、彼一流の見識にできる限り近いものを伝えたいと思っている。それでもなお、私は彼の知識の広さや豊かさに、いかに遠く及ばないかを絶えず痛感している。

さらに彼は、スコットランドの伝統の中に頻繁に登場する妖怪や妖精について語り続けた。「スコットランドの妖精は、緑の服を着て土手や茂みや小川の岸辺のあたりで月光を浴びながら浮かれ騒ぎをすると言われているけれども、イングランドの妖精たちのように愉快で小さな連中ではなくて、性質はどちらかと言えば魔法使いに近く、よく罪な悪戯《いたずら》をするんだよ。少年の頃、私はいつも妖精が出没すると言われていた小さな緑の丘を物思いに耽《ふけ》って眺めていたものだ。そして、時々妖精の傍《かたわ》らで横になって眠り、そこを訪れる者にかけられる呪文で妖精の国に連れ去ってもらいたいような気分になったものだ」

ここでスコットは、ピートロー(72)の丘で働いていたセルカークの善良な男が気づくと妖精の丘で眠り込んでしまっていたという、近在ではよく知られている昔話をまるでその場に居合わせたかのように、また大いにユーモアをまじえながら詳しく語ってくれた。それはこうである。目が覚めて、彼はあたりを見回すと、まず驚いた。大きな街の市場にいたのである。周囲には多くの人々がせわしく歩きまわっていたが、そうした連中の誰一人として彼は知らなかったからである。思い余って彼は近くにいる人に話しかけて、自分が今いる場所はどこかと尋ねた。「おやおや、こりゃ困ったなぁ。いまお前さんはグラスゴーのまん中にいて、そこでどこにいるのかと尋ねているんだよ」。その哀れな男はそれを聞いて仰天してしまい、自分の耳も目も信じられなくなった。彼はセルカークの近くのピートローで、わずか三〇分前に横になって眠っただけなのに、と言い張ったのだ。そのためほとんど狂人扱いされそうになったが、その時に運よく彼を知るセルカークの男が通りかかって彼の面倒を見ようと引き受け、故郷に連れ戻したのだ。しかし故郷でも、ピートローからグラスゴー(73)へ眠っている間にさっと運ばれたのだと話すものだから、ますます状況は悪い方に転じてしまった。だが、ついに真相が明らかになった。彼がピートローで作業をしていた時に脱いだ上着が妖精の丘の近くに残されていたのが見つかり、また、どこで失くしてしまったか分からなかった彼の縁なし帽子がラナーク(74)の尖塔の風見に引っかかっているのが発見されたからである。その結果、彼は眠っている間に妖精たちによって空中を運ばれ、その途中で帽子が風に吹き飛ばされてしまい、ラナークの尖塔に引っかかってしまったに相違ないということに落ち着いたのである。

今となっては、私はこの話をわずかな覚え書きを頼りに不十分な形でしか述べられない。だがスコットは、自分の書いたある詩の注の中で、表現を変えていくつかの話を叙述している。しかし、スコットがこうした話をする時に自然に醸し出される情趣は物静かだが楽しいユーモア、そしてそこに添えられた優しさ、またそれらを語る時におきまりの、濃い眉の下の悪戯っぽい目の配りにあった。

17　スコットランドの聖女

その日の夕食には、レイドロー氏とその夫人、そして連れの女友だちがテーブルを共にした。この女性は中年ぐらいだったろうか、とても知性的で気品に溢《あふ》れており、スコットから特別な待遇を受けて手厚くもてなされていた。夕食は和やかで楽しいものだった。客人たちは明らかにこの家にとって歓迎されるべき人たちで、自分たちが大切にもてなされていることを実感していたからである。

彼らが辞去すると、スコットはなんとも真面目な面持ちで、彼らについて話し出した。「私は本当にすばらしい、普通のスコットランド人を何人かあなたに紹介したかったのだよ」と彼は言った。「それは立派な紳士や淑女という意味ではないんだ。そういう人たちなら、君はどこにいても会えるし、およそ、みんな同じようなタイプの連中だ。その国の人たちの気質というものは、概してそのような立派な人たちから分かるものではないからね」

彼はさらにレイドロー夫妻に同行していた婦人をとりわけ称賛して話を続けた。それによると、彼女は負債を残して他界した貧しい田舎の聖職者の娘で、それゆえに孤児として窮乏した状態に置かれることになった。だが、彼女は立派に普通教育を終えると、すぐに子供たちのための学校を開いた。やがてたくさんの生徒が集まるようになり、それなりの収入を得ることができた。しかし、それが彼女の人生の主な目的ではなかった。まず、彼女が心がけたのは亡き父親の名が悪い評判や悪意で汚されないように、過去の負債を完済することであった。スコットランド人特有の慎ましさで、また敬虔な気持ちと誇りに支えられ、あらゆる窮乏に晒《さら》されながらもこれと闘って、彼女はその目的を達成したのである。ところが、これに満足せず、彼女は自分の父親が困窮した時に私財を惜しまずに提供してくれた近隣の人々に厚く配慮した。すなわち、そのために斜陽化してしまった彼らを慮《おもんぱか》って、その子息の教育経費を一切免除したのである。「ひとことで言うならば、彼女は古いタイプの典型的なスコットランド人の女性なのだよ。そして、私の知っている多くのすばらしい女性たちの中でも彼女は格別だ。実際、私はたくさんのすばらしい人たちを知っているがね」とスコットは言葉を添えた。

18 別離

どうやら、漫ろ歩きをしながら交わす話を終わりにする時が来たようだ。アボッツフォード邸に滞在した数日間は、私が叙述してきたように、すなわち、スコットとのほとんど絶え間のない、親しく接しての楽しい会話で過ぎていった。それはまるでシェイクスピアと社交的に親しく語り合うことを許されたかのようであった。なぜならば、シェイクスピアと同等の天才でないにしても、それに類似した人物と共に過ごすことができたからである。毎晩、私はその日の楽しい想いで胸を一杯にして寝室に戻り、また毎朝、これから浸ることのできる楽しみを確信して起床したのだ。このようにして過ごした日々を私は人生で最も幸せな時として、いつまでも忘れないだろう。なぜならば、その時に私は幸せであることを確かに実感できたからである。

アボッツフォード邸で私が経験した唯一の悲しい瞬間は、別離の時であった。しかしそれも、すぐにまた戻って来られるという期待感によって元気づけられた(75)。私は高地《ハイランド》

(76)地方を旅行した後にここに戻って来て、トゥイード川流域の地でもう二、三日過ごすことを約束していたし、スコットはその時には例の詩人のホッグを招いて私に紹介してくれるつもりだと言ってくれたからである。私は家族の人たちから優しい別れの挨拶を受けたが、その一人ひとりに私は大いに好意を抱いていた。彼らについて、特に詳しい叙述や個々の秘話を明かすのを遠慮したとすれば、それは家庭生活という神聖なものによって彼らは守られていると私が考えたからである。ところがスコット自身は彼らとは立場が異なり、歴史上の人物として位置づけられているのである。屋敷の境界にある小さな門までスコットが歩いて見送りに来てくれた時、私は彼の家族との団欒《だんらん》の中で味わった楽しさについて感謝し、暇《いとま》を告げてきたばかりの若い人たちに対する心からの賛辞を口にしないではいられなかった。その折に、私は彼から返ってきた言葉を決して忘れないだろう。「あの子たちは優しい心を持っている。そして、それが人間の幸せにとって大事なことなんだ。彼らは互いに大切に思い合っている。それが家庭生活においてはすべてだよ。私が君に最も望むことはね」と彼は私の肩に手を置いて言った。「それは君が自国に帰ったら、結婚して子どもたちに取り囲まれるような家庭に恵まれることだ。もし君が幸せなら、家族は君の幸せを共に分かち合うだろう。そして、もし君が幸せで

ない時には、家族のみんなが君を慰めてくれるだろう」(77)

スコットの話が終わる頃には、われわれは邸宅の門に着いていた。彼は立ち止まると私の手を取って言った。「さよならとは言わないよ。それはいつの時も心が痛む言葉だからね。だから、もう一度お越し下さいと言っておこう。高地《ハイランド》地方の旅行をすませたらここに来てもう二、三日、私と一緒に過ごしてくれたまえ。いや、それだけでなく、気が向いたらいつでも来てくれたまえ。アボッツフォード邸はいつでもその門を開いて心から君を歓迎するから」

19 回想

以上、私は大ざっぱにアボッツフォード邸滞在中の出来事について記憶している主なことを述べてきたが、実際にはあれほど内容豊かで多彩な事柄について、このように貧弱でまとまりがなく生彩を欠いた形でしか書くことができないのを口惜しく思っている。私がそこで過ごした数日間、スコットはたいそう気分がすぐれていた。朝早くから夕食の時間が来るまで、彼は近在を案内するために私と一緒に歩き回ってくれたし、夕食の間、そして夜遅くまで社交的な会話に終始したのである。彼自身のために取っておかれた時間は皆無で、ただ私をもてなすことだけに時間を費やしていたように思われる。しかも、彼にとって私はほとんど全く知るところのない人間であったのだ。数年前に彼が興味を示してくれた私の書いたつまらない本以外には、彼が私について知っていることなど何一つなかったのである。それにもかかわらず、スコットはこの通りのもてなしをしてくれたのである。まるで周囲にいる人たちのために時間も気遣いも会話も惜しみなするべきことが何もないかのように思えるほどであった。果たしてストは絶えず出版されていたあのような分厚い書物をどのような時に書いていたのか、それを想像することは難しかった。つまり、それらの書物のすべてが充分な渉猟と調査を必要とする性質のものであったからである。彼の生活は私が訪問中に観察したように、あり余る時間に任せた気ままなもので、それ以外のものであったことなど一度として目にすることはなかった。彼は楽しいパーティや狩猟のための遠出をしぶることはほとんどなかったし、その他、それに類することを断る理由として、めったに私用を持ち出すこともなかった。私がお邪魔している間に、私より先に来て何日間も彼を多忙に追いやっていたに相違ない客人についても耳にしていたし、またいくらか後になって、彼の日常生活の状態を知る機会もあった。私がアボッツフォード邸を辞去して間もない頃に、私の友人ウィルキ(78)がスコット家の人たちの絵を描くために到着したと聞いた。家は客人で一杯であった。スコットのすべての時間は、この地域を馬や馬車に乗って回ったり、あるいは家での社交的な会話に費やされていた。「その間ずっと、私はスコットさんに肖像画を描かせてほしいとは、あえて切り出せなかった」とウィルキは私に言った。「なぜなら、私には彼が一瞬たりとも時間を割くことが出来ないのが分かっていたから

やユーモアの妙味を好み、心から楽しんで笑った。彼は効果を狙ったり誇示するためには話さず、心情の流れに沿って記憶に残っている様々なことや、自分の持っている想像力を発揮して語った。彼は語りにかけては生来の才能を持っていたので、その言葉や叙述には無理がなく、確かにすばらしく写実的であった。彼は自分の語る情景を絵画のように見事に聞き手の前に展開させた。そして、台詞《せりふ》にふさわしい訛《なまり》や特徴をつけて、自分の書物の中ではすでに立証されている情熱と巧妙な表現で、登場人物の外見や性格を語ってみせた。実際、スコットの会話は絶えず小説を想起させ、共に過ごした数日の間に、彼は何冊もの本に匹敵するほどの話をしてくれた。それも、これ以上楽しい話で満たされている本などはまずないであろう、と私に思わせるほどであった。

また、彼は話し手としてと同様に、聞き手としてもすぐれていた。相手の身分や主張がどんなに取るに足りないものであっても、その話のすべてを尊重して耳を傾けて聴き、彼らの会話のいかなる点についても素早い理解を示した。スコットは決して尊大に振舞うことはなく、まったくもって謙遜な態度で、もったいぶらず、その時々に相手をしている人との仕事においても、娯楽においても、あるいは私がほとんど愚行とも思えたことについても、誠心をこめて加わって楽しんでいたのである。したがって、どんな人の関心事、思想や意見、好みや楽しみも、彼には自分より低俗であると思われるものはなかったのである。彼は一緒にいる人たちを親しい仲間として見たので、いつの間にか彼らはスコットがとてつもなく卓越した人物であることをしばらく忘れてしまって、すべてが終わった時にあれほど親しく、共にすっかり寛《くつろ》いでいたのは実はスコットその人であったということを、やっとのことで思い起こして驚くといった具合だった。

スコットが文壇における同時代の作家たちについて話す際の心の広さにも、うれしいものがあった。スコットが作品の美点を引用したり長所を指摘したりする相手は、彼が文学あるいは政治の世界で争っていると考えられていた人たちにまで及んでいた。たとえば、『エディンバラ・レビュー』(79)誌の編集長ジェフリーは、その評論のひとつでスコットの気分を損ねていたが、スコットは彼を書き手としても人間としても高く評価し、温かい称賛の言葉を忘れることはなかった。

スコットの放つユーモアは、その作品と同様に会話においても心地よく、辛辣さなど微塵《みじん》も窺えなかった。彼は欠点や弱点を素早く見抜いたが、貧しい人間性については寛大な心で受け止めていた。すなわち、愉快で楽しいものを好む一方で、脆弱《ぜいじゃく》なものについては寛容で、邪悪なものは哀れむのである。スコットのすべての作品に通底するユーモアにさらりとした上質な感覚の趣を与えているのは、この慈悲深い精神なのである。彼は仲間の連中の欠点や瑕疵《かし》を軽くあしらい、むしろ彼らを奇抜で特異な無限の才能を持った人たちとして捉えていたが、その性格の優しさと寛容の心のゆえに、風刺家と評されることはなかった。スコットのあらゆる作品と同様に、その会話においても私は嘲笑というものに接した記憶がない。

以上が、私生活におけるスコットに関する大まかな私の叙述である。これは、これまで述べてきたように訪問の時だけでなく、その後の彼との折々の交遊を通して私が見聞したことに基づいている。スコットの公的な人物像や真価については、世の中の人たちが判断すべきである。彼の作品群は四半世紀にわたって、文明社会をおおう思想や世事と表裏一体をなしてきたし、また活躍していた時代に対しても抑制的な影響力を持っていた。しかし、かつてひとりの人間がこれほどまでに有益な形で、そして慈悲深く影響力というものを行使したことがあっただろうか。人がその生涯の大部分を回顧する時に、スコットの非凡な才能が自分の楽しみを増やして心配事を紛らせてくれ、また孤独の悲しみを癒《いや》してくれていると感じないことがあるだろうか。さらに、純粋な楽しみの宝庫として、また必要な時の心頼みとして、人生における災いや悲しみと戦いぬく武器を探すための兵器庫として、彼の作品群を今なお大切に守らない者がいるだろうか。私事にわたって恐縮だが、私などは心屈した時などに彼のペンから新しい作品が生まれるという知らせを耳にすると、心から期待できる確かな喜びに浸りうれしくてたまらなかった。そして荒涼とした広野を行く旅人が、必ずや慰めと活力を与えてくれる遠方の緑の地点を眺めるかのように、その出版を待ち望んだものである。そして、これまでの私の大半の人生にスコットの存在がいかに大きく寄与しているかを思うと、あるいはまた、今もなお、彼の作品群が時折いかにあらゆる俗事から私を解放して楽しませてくれているかと思う時、そして、この天才の遺した文学の所産によって鼓舞され喜びを与えられてきたことを考えると、スコットの生きた時代にめぐりあうことができた自らの幸運に感謝したい思いでいっぱいである。私はスコットのようなすぐれた精神を持った人物と和やかに近しく語り合える機会に恵まれたことを、私の文学的人生に与えられた最大の恩恵であると思っている。そして、その友情に対する感謝と彼の名声を尊ぶしるしとして、積み上げられた彼を称えるケルンの上にこのささやかな一文を置きたいと思う。そしてより才ある人たちが寄与することで、その積み上げられたケルンはさらに高くなるものと信じている。

訳　注

（1）セルカークは、スコットランド南東部に位置するセルカーク州の州都。スコットは、この地で一七九九年一二月一六日より他界するまで治安判事(Sheriff-Depute)を務めたが、一八〇〇年五月よりメルローズの弁護士チャールズ・アースキンが判事代行を担当した。また、治安判事として勤務した折に、スコットの見聞した体験が『境界地方の民謡集』(*Border Minstreley*, 1802–03)として結実している。

（2）メルローズ寺院は、スコットランド南東部のトゥイード川を臨むメルローズに位置する、栄枯盛衰の歴史を有する由緒ある寺院である。この寺院は一一三六年三月二三日にシトー修道士たちによって創建され、一八八二年にはバックルー公の命によって修復された。また、本文に描かれているように、スコットの代表作『最後の吟遊詩人の歌』の舞台となった寺院としても、あるいはロバート・ブルースの心臓が埋葬されている寺院としても知られる。

（3）トマス・キャンベル(一七七七―一八四四)は、スコットランド出身の詩

トマス・キャンベル

メルローズ寺院

人で、代表作には本文にも記述されている〈スペンサー連〉と呼ばれる詩形を駆使した作品『ワイオミングのガートルード』(*Gertrude of Wyoming*, 1809)や短詩『ロキールの警告』(*Lochiel's Warning*, 1802)などがある。かつて、アーヴィングはキャンベルの作品に序文を寄せたこともあり、その友情関係は文学的交流などを通して終生続いた。

(4)『サルマガンディ』誌(*Salmagundi*, 1807–08)や『ニューヨーク史』(*A History of New York*, 1809)などに代表されるアーヴィングの初期の作品群の中にあるいくつかを指す。アーヴィングの友人であるヘンリー・ブルヴォートは一八一三年四月二日付でスコットに『ニューヨーク史』の第二版を送っているが、それを読んだスコットが「ジョナサン・スウィフトやローレンス・スターン並みのアーヴィング独自の作風を高く評価したい」と語ったことは、あまり知られていない事実である。

(5) スコットがロンドンで准男爵の称号を授与されたのは一八二〇年三月であった。したがって、本文の中でアーヴィングが「スコット氏」と記したのは、このような理由によるものである。

(6) トゥイード川は、スコットランド南東部を九七マイル流れて北海に至る。ダイナミックな鮭の遡上が見られることでも知られる川である。

(7) この箇所はアーヴィングの代表作『スケッチ・ブック』(*The Sketch Book*, 1819–20)に収められている佳作「クリスマス・イヴ」("Christmas Eve")からの引用文である。因みに、「クリスマス・イヴ」の原文は次の通り。

We were interrupted by the clamor of a troop of dogs of all sorts and sizes, "mongrel, puppy, whelp, and hound, and curs of low degree,"

(8)　スコットは生後一八カ月目に小児麻痺にかかり、スコットランド・ロックスバラシャーのケルソー近郊にあるサンディー・ノウへの転地療養やバースでの温泉療法など様々な治療を試みたが、その効果はあらわれず、生涯にわたり右脚は不自由のままであった。しかし、彼の右脚が不自由になったのは赤ん坊の頃に乳母が過って落としてしまったことが原因であると親戚以外の周辺の人たちは信じていたという。

(9)　シャーロット・スコット(旧姓はCharlotte Charpentier)は、フランスの王党で官吏をしていたジャン・F・カーペンターの娘で、一七九七年のクリスマス・イヴにスコットと結婚している。

(10)　スコットやウィリアム・ワーズワースといったイギリス・ロマン派の詩人たちに愛された詩情溢れる川。ヤロー川の上流にはスコットの名作『マーミオン』(*Marmion*, 1808)の舞台にもなったセント・マリア湖がある。

(11)　メルローズ寺院やジェドバラ寺院と並び、スコットランドの境界地方《ボーダーズ》で最も美しい寺院のひとつであるドライバラ寺院は、一一五〇年から一一五二年にかけて建てられた。この寺院は一三二二年、一三八五年、そして一五二三年に続き、一五四四年九月にイングランド軍により広範囲にわたって破壊され、その後、修復されることなく現在に至っている。スコットの亡骸《なきがら》は寺院内の〈セント・マリア礼拝堂の側廊〉(St. Mary's Aisle)に一八三

ドライバラ寺院

二年九月二六日に埋葬されたが、その葬列の模様はジェイムズ・アレキサンダーの精緻なスケッチ描写で知ることができる。

(12) 『最後の吟遊詩人の歌』(*The Lay of the Last Minstrel*)は、敬愛するダルキース伯爵夫人の要請(一八〇三年一月)により、ギルピン・ホーナーの伝説に基づいてスコットが一八〇五年に書いたバラッドである。この作品の成功によって、スコットは文壇での地歩を確立した。『エディンバラ・レビュー』誌の編集長フランシス・ジェフリーなどが酷評した一部の例はあるが、概してイギリスでは、その豊かな詩情が称揚されて出版後の五年間で一万五千部が売れた。また、当時の宰相ウィリアム・ピットが『最後の吟遊詩人の歌』の愛唱者のひとりであったとも言われる。

(13) この詩は、『最後の吟遊詩人の歌』の第二曲第八節に置かれている。この節の冒頭部は「あたりに広がる草木や花は、夜露にその身を濡らしてきらめいていた」("Spreading herbs, and flowerets bright, Glisten'd with the dew of night;" *Scott; Poetical Works*, ed. by J. Logie Robertson. Oxford UP., 9)という詩である。

(14) セルカークの治安判事の職を意味する。

(15) 『最後の吟遊詩人の歌』における、九月二九日の聖ミカエル祭の前夜を指す。

(16) ウィリアム・デロウレインは、『最後の吟遊詩人の歌』に登場する勇猛な騎士。魔法の書を借りようと聖ミカエル祭の前夜、メルローズ寺院に向かうデロウレインの雄姿が第二曲の第一五節から第一六節にかけて克明に綴られている。

(17) この詩は、『最後の吟遊詩人の歌』第二曲の第一七節から第一九節に置かれている。

(18) この詩は、『最後の吟遊詩人の歌』第二曲の第一節に置かれている。

(19) 一七九七年の秋に旅行したスコットとファーガソンによる湖水地方の周遊を指す。スコットはこの旅の途中で将来の伴侶となるシャーロット・カーペンターと知り合っている。

(20) メルローズ寺院を南下すると、三つの頂をもつイールドン丘陵がある。その裾野をトゥイード川が優雅に流れる。〈スコッツ・ビュー〉と呼ばれるスコットがお気に入りだった場所から眺めるイールドン丘陵は絶景である。

(21) スコットの名作『好古家』(*The Antiquary*, 1816)に登場する老いた乞食。この作品の中でイーディ・オウキルトリーは多くの人々に敬愛され、高邁《こうまい》な思想をもつ哲人として描かれている。

(22) デイヴィッド・ウィルキ(一七八五—一八四一)は、エディンバラのニュータウンにある、一九世紀後半に創設されたスコットランド国立肖像画美術館(*The Scottish National Portrait Gallery*)に展示されている〈アボッツフォード・ファミリー〉を描いた画家としても名高い。

(23) スコットランドの境界地方随一の美しさを誇る丘陵。

(24) ロバート・バーンズ(一七五九—九六)は、スコットランドのエアの厳粛なカトリック系の家庭に生まれた。彼は四男三女の長男であった。一七八六年に『主としてスコットランド方言で書かれた詩集』(*Poems, Chiefly in the Scottish Diarect*)を発表して、その存在は一躍エディンバラの文壇でも認められるようになった。一七八七年頃にバーンズと邂逅《かいこう》したスコットは、公然とバーンズを「スコットランドの誇り」と

ロバート・バーンズ

語り、その豊かな詩的感性を称揚したと伝えられている。なお、世界的に知られる「オールド・ラング・サイン」(邦題「蛍の光」)は、バーンズの代表的な作品のひとつでもある。

(25) エアはストラスクライド州近郊に位置し、バーンズがエア川に架かる橋を優雅な調子で歌った詩句が、有名な『タム・オ・シャンター』(*Tam O' Shanter*, 1790)の中にある。現在、バーンズの生家は〈バーンズ・コテージと博物館(*Burns Cottage and Museum*)〉として一般公開されている。本文中の叙述はアーヴィングが一八一七年九月一七日にエアを訪れた時のものである。

(26) この時彼の心に去来したのは、バーンズの『ブリガドゥーン』(*Brig O' Doon*)の詩行であったと言われる。

(27) バーンズの『主としてスコットランド方言で書かれた詩集』にも登場するスコットランド南西部にある川で、エアから北西に流れている。

(28) アロウェイ教会は、一六世紀初頭に創建された、古い伝統を有するスコットランドのエアにある小村の教会。

(29) バーンズの父ウィリアム・バーンズは、アロウェイにあるオールド・カーク共同墓地(*Cemetery of the Auld Kirk of Alloway*)に眠っている。その墓標には次のような文字が刻まれている。

Sacred to the memory of William Burns of Lochlie who died on the 13th February 1784 in the 63rd year of his age. And of Agnes Brown his spouse who died on the 15th January 1820 in the 88th year of her age.

(30) ジョン・バニヤン(一六二八—八八)の代表作『天路歴程』(*The Pilgrim's Progress*)(第一部一六七八・第

二部一六八四)を指す。これは主人公のクリスティアンが「失望の沼」や「虚栄の市」などでのいくつかの苦難を乗り越えて「天上の都」に辿り着くという寓意的な物語である。「ディレクタブル山」は『天路歴程』に登場する「歓楽山」を指す。巡礼者たちは歓楽山で休息して天上の都へと向かうのである。

(31) この周囲には海抜千四百フィート級のラマミュア丘陵が連なり、そこからの眺めはダイナミックでパノラマ的である。

(32) スコットはサンディー・ノウの祖父の農場で転地療養している時に、スモールホルム古塔(Smallholm Tower)(または〈スメルホルム〉とも呼ばれる)を頻繁に訪れ、この古塔をバラッドの「聖ヨハネ祭の前夜」("The Eve of St. John," 1800)や長詩『マーミオン』の中に登場させている。

(33) ガラシールズは、エディンバラからメルローズのアボッツフォード邸に向かう途中にある古い歴史を有する街。この地は一六二二年にスコットランドで最初に羊毛工場が創設されたことでも有名である。

(34) ガラ川は、荷馬車用の橋が架かっている、スコットランドでも稀な川である。

(35) テヴィオットデールは、〈スコッツ・カントリー〉を代表する美しい景色の渓谷で、近くをテヴィオット川が流れており、えも言われぬ詩情を誘う。

(36) この川はフィリップホー付近でヤロー川と合流する。

(37) リースは、スコットランド東南部のフォース湾を臨む位置にあり、スコットの時代から船便の施設が整った港であった。

(38) 『ワイオミングのガートルード』(*Gertrude of Wyoming*)は、一八〇九年に発表されたトマス・キャンベルの代表作のひとつ。この詩は独立戦争当時、ペンシルベニアのある村を襲撃した先住民イロクォイ族などにまつわる悲惨な実話が基になっている。

(39)『ロキールの警告』は、トマス・キャンベルが一八〇二年に書いた作品。

(40) ホーエンリンデンは、ドイツ南部にあり、一八〇〇年一二月三日にモロー将軍率いるフランス軍がオーストリア軍を破った戦場としても知られている。

(41)『マーミオン』は、ヘンリー八世の寵臣マーミオンが数奇な運命を辿る叙事詩で、六曲からなるスコットの代表作のひとつである。

(42) モス・トルーパーは、一七世紀にスコットランドの高地地方《ハイランド》や境界地方《ボーダーズ》などに点在する沼沢地を荒らした山賊や盗賊などの集団。

(43) マンゴウ・パーク(一七七一―一八〇六)は、スコットランド出身の探検家。また、境界地方に名高いバラッドの収集家としても知られている。

(44) フロッデンは、イングランド北東部にある丘。一五一三年にジェイムズ四世が率いるスコットランド軍がトマス・ハワード率いるイングランド軍に大敗した古戦場。

(45) ロブ・ロイの本名は、ロバート・ロイ・マクレガー(Robert Roy MacGregor, 1671–1734)。彼は〈スコットランドのロビン・フッド〉と呼ばれるアウトロー的存在。アーヴィングがアボッツフォード邸を訪問中に執筆中であったスコットの『ロブ・ロイ』(*Rob Roy*)は、一八一七年一二月三一日にコンスタブル社から出版されている。

(46) ワーテルローは、ナポレオンが一八一五年六月一日に、ウェリントン将軍率いる英独の連合軍に敗北を喫した戦場。

(47) ジェイムズ・ウルフ(一七二七―五九)は、フレンチ・インディアン戦争当時のイングランドの名将軍。ウィリアム・M・サッカレーの名作『ヴァージニアンズ』(*The Virginians*, 1857-59)にも描かれている。

(48) 一六八八年にジェイムズ二世の退位後、彼を支持してスチュアート王朝の復活を望んだ徒党。

(49) スティルトン・チーズは、ハンティンドンシャーにあるスティルトンという町の名に由来する、カビの生えた濃厚なチーズ。

(50) ロバート・ブルースとは、スコットランド王ロバート一世(一二七四―一三二九)のこと。彼は一三一四年六月二四日にスターリング郊外にあるバノックバーンの戦いで、エドワード二世率いるイングランド軍を破り勝利をおさめた。スコットの長詩『諸島の領主』(*The Lord of the Isles*, 1815)には、ブルースの活躍が克明に描かれている。

(51) ジェイムズ・ダグラス卿は、スコットランドの伝説的な武将(一二八六―一三三〇)。スコットは長詩『マーミオン』の第五曲にダグラス卿を登場させている。

(52) 旧約聖書中の人物。竪琴の名手ダビデの投石によって額を打たれた後、斬首されたペリシテの闘士。

(53) スコットは一八一四年に青年士官エドワード・ウェーバリーのロマンスを扱った最初の小説『ウェーバリー』(*Waverly*)を出版した。その後、彼の作品は〈ウェーバリーの著者〉という名で出版されたので、この一連の小説群は〈ウェーバリー・ノベルズ〉と呼ばれている。

(54) スコットが一連の〈ウェーバリー・ノベルズ〉の著者であることを公表したのは、一八二七年三月であった。

(55) ドン・キホーテはサンチョ・パンサを従えて、老いぼれ馬のロシナンテに跨り、冒険の旅に出る。
(56) トマス・ライマーは、一三世紀に活躍したスコットランドの予言詩人。
(57) ノーサンブリアンは、アングロ・サクソン時代の七王国のひとつ。
(58) スコットの『好古家』に登場するモンクバーンズの地主ジョナサン・オールドバックを指す。
(59) ジョン・スコットは、スコットの親戚にあたるスコットランドのガラ地域出身の人物(一七九〇—一八四〇)。
(60) カトリン湖は、スコットの三大物語詩のひとつと目されている『湖上の麗人』(*The Lady of the Lake*, 1810)の舞台にもなったスコットランド中部のトロサックス地方にある美しい湖。
(61) サンディー・ノウは、ロックスバラシャーにあるスコットの祖父ロバート・スコットの所有する農場。幼い頃のスコットが転地療養のために二年間を過ごした場所でもある。
(62) ウィリアム・ウォーレス(一二七二—一三〇五)。スコットランドの軍事指揮者。
(63) ロバート・ブルースを指す。前出(50)参照。
(64) 「聖ヨハネ祭の前夜」は、スモールホルム古塔を舞台にした中世のゴシック調の物語。
(65) ビマーサイド塔は、〈スコッツ・ビュー〉の近くにある古塔。
(66) ウィリアム・レイドローは、かつてセルカークの治安判事も務めたことのあるエトリック出身の農民(一七八〇—一八四五)。
(67) トミー・パーディーは、一八〇五年にスコットの身の回り一切の世話をするために雇われた忠僕な人物(一七六七—一八二九)。
(68) 格子縞の布で作られた長い肩掛け。

(69)　ジェイムズ・ホッグ(一七七九―一八三五)。エトリック出身の羊飼い詩人。
(70)　ウィリアム・ブラックウッド(一七七六―一八三四)。一九世紀に飛躍的な発展を遂げたイギリスの出版業者。
(71)　『好古家』は、〈ウェーバリー・ノベルズ〉を構成する小説のひとつ。主人公のジョナサン・オールドバックが、その博学ぶりを披瀝《ひれき》するなどして機知と皮肉をほどよく織り込んだ傑作。
(72)　ピートローは、セルカークの市街から北西三マイルほどに位置する地域。その周囲には、スコットの作品には欠かせないヤロー川が流れている。
(73)　グラスゴーは、文化・芸術の中心であるばかりか、主に重工業発達の目覚ましかったスコットランド随一の大都市。
(74)　ラナークは、スコットランド南部にある街で、周囲にはかつての貴族の屋敷が立ち並ぶ。
(75)　結局、アーヴィングは諸般の事情によりアボッツフォード邸には再び戻ることなく、グラスゴー、エア、ラナークを経て、同年の九月二一日にスコットランドを去っている。
(76)　高地《ハイランド》地方には有名なネス湖をはじめ、多くの湖が点在する。
(77)　この箇所の描写は、アーヴィングの短篇集『スケッチ・ブック』(*The Sketch Book*, 1819–20)に収められた短篇小説「妻」("The Wife")に反映されている。
(78)　前出(22)参照。
(79)　『エディンバラ・レビュー』誌の編集長フランシス・ジェフリー(一七七三―一八五〇)が一八〇八年二月に出版されたスコットの『マーミオン』を「正確な時代考証に基づかない作品」と酷評したことを指す。

解説

初期の文学活動の白眉『ニューヨーク史』(*A History of New York, from the Beginning of the World to the End of the Dutch Dynasty*, 1809)を発刊して一気に文名を高めると、ワシントン・アーヴィング(一七八三—一八五九)は一八一五年にイギリスへと旅立った。図らずも、イギリスを拠点としたこの旅は一七年間の長逗留になってしまうのだが、気韻に富むアーヴィング文学が確立され、文学的資産としての意義が認められたのは、まさにイギリス時代であった。当時のイギリスはナポレオン戦争の影響により極度の経済的疲弊期にあった。とはいえ苦難に満ちた社会情勢下にもかかわらず、アーヴィングは心屈することなく、いろいろな評論誌に評釈を寄稿するなどして、活発な文学活動を行なったのである。

こうした盛んな文学活動に伴い、イギリスでの生活状態も次第に改善されると、一八一七年の夏にアーヴィングは仕事と観光を兼ねてエディンバラを訪れた。その際に有力誌のひとつ『エディンバラ・レビュー』誌(*Edinburgh Review*)の創刊に携わったフランシス・ジェフリー、そして同地で『ファーマーズ・マガジン』(*Farmer's Magazine*)などを発行していたアーチボルト・コンスタブル、あるいはウィリアム・ブラックウッドといった名うての出版関係者たちとの会談を通して、いくつかの雑誌に執筆を依頼されている。しかし、何よりもこの旅行がアーヴィングにとって最大の意義を持ったのは、本文にも出てくる『ワイオミングのガートルード』(*Gertrude of Wyoming*, 1809)で一世を風靡《ふうび》したスコットランドの詩人トマス・キャンベル(一七七七—一八四四)の紹介状をたずさえてアボッツフォード邸(ウォルター・スコット邸)を訪れ、小説『ロブ・ロイ』(*Rob Roy*, 1817)を執筆中のロマン派の巨匠ウォルター・スコット(一七七一—一八三二)にめぐりあう機会を得たことであろう。アーヴィングはアボッツフォード邸でスコットと過ごしたひと時を「まるでシェイクスピアと社交的に親しく語り合うことを許されたかのよう」に「人生で最も幸せな時」(一二三ページ)であったと、いみじくも吐露するが、こういった描写などは、ほとんど法悦の境地に達したような趣がある。本書はスコットの格別の知遇を得て、アーヴィングが香り高い麗筆で綴った感動の訪問記である。

ニューヨークでの初期の文学活動

アメリカ・ロマン派文壇の寵児《ちようじ》ワシントン・アーヴィングは、アーヴィング家の第一子として一七八三年四月三日にニューヨーク・ロウアー・マンハッタンのウォール街に近いウィリアム通り一三一番地で生まれ、翌年一月一日に近くの長老派系セント・ジョージ教会で洗礼を受けた。父ウィリアム・アーヴィング(一七三一―一八〇七)はスコットランドの北部に浮かぶオークニー諸島シャピンシャ出身の裕福な商人であり、母セーラ・サンダーズ(一七三八―一八一七)はイングランド南西部に位置する港町、ファルマス出身。両親がイングランドのプリマスからニューヨークへ移住したのは、結婚二年後の一七六三年七月一八日であった。因みに、アーヴィングの誕生日が独立戦争の英雄ジョージ・ワシントン(一七三二―九九)のニューヨーク凱旋の日に当たっていたのでワシントンと命名されたと言われている。

長じて、アーヴィングはニューヨークを生活の本拠として教育を受け、やがて身辺の素材を活用して初期の文学活動を行なうようになった。彼の喜劇的精神とユーモア感覚が遺憾《いかん》なく発揮された本格的な文壇デビュー作とも言うべき前出の『ニューヨーク史』は一躍脚光を浴びたが、それはこのニューヨーク時代であった。この間、彼は長兄ウィリアム(一七六六―一八二一。一七六二年一二月二四日にイギリスのファルマスで生まれた長男は出生後間もなく亡くなり、同名の次男ウィリアムも一七六四年二月二二日に誕生したが翌年八月二二日に夭折《ようせつ》しているので、ここで言及したウィリアムは事実上、第三子である。また第四子のジョンは一七六九年九月三〇日に一歳で亡くなっている)の雑貨店で働いたり、すぐ上の兄ジョン・トリート(一七七八―一八三八)の法律事務所を手伝ったりしながら各種の新聞に寄稿し、さらに雑誌の編集にも従事した。

アーヴィングは一八〇二年一一月一五日、兄ピーターが編集主幹であるニューヨークの『モーニング・クロニクル』誌(*Morning Chronicle*)に「紳士ジョナサン・オールドスタイルの手紙」(*Letters of Jonathan Oldstyle, Gent.*)の最初の一回分を寄稿した。ピーターの求めに応じて書いたこの一文により、アーヴィングは着実に文学活動の第一歩を踏み出したことになる。主として演劇や、ニューヨーク社交界の話題に関する記事の寄稿は以後九回に及んだが、一八〇四年にアーヴィングの健康が憂慮すべき状態となったので打ち切られている。激しい咳《せき》を伴う症状を治療するために、転地療養が効果的であろうと周囲が配慮したからである。

アーヴィングは父親の名を継いだ長兄ウィリアム、ピーター、エビニーザー、そしてジョン・トリートを含めた四人の兄たちの中では、とりわけ長兄ウィリアムおよびピーターとの縁が深く、また三人の姉たちの中では末のセーラを相談相手としていたようである。すでにそれぞれの分野で、ある程度の収入を得ていた兄たちは末弟のために醵金《きよきん》してヨーロッパ各地で転地療養させることに同意していた。一八〇四年五月一九日にニューヨークを出発したアーヴィングは、約二年間にイギリスをはじめフランス、イタリア、ベルギー、オランダなどを気楽に旅して健康の回復に努めると共にヨーロッパ文化の見聞を広めて、一八〇六年三月末に帰国している。また、ローマ滞在中にアメリカ人の画家ワシントン・オールストンと出会って、生涯にわたる友情を結んだのもこの時期の大きな収穫であったと言える。

帰国した年の一二月にアーヴィングはニューヨークの弁護士試験に合格し、かねてより法律の教えを受けていたジョサイア・O・ホフマンの法律事務所で働くことになった。この間にも、アーヴィングの文学に対する情熱は衰えず、長兄ウィリアムとジェイムズ・K・ポールディング(小説家、詩人。後に第一一代アメリカ合衆国海軍長官)と図って時世を皮肉る小冊子の発刊を計画した。やがて執筆は主としてアーヴィングとポールディングが担当し、資金面はウィリアムが受け持って、一八〇七年一月二四日に戯文誌『サルマガンディ』(*Salmagundi*)が誕生したのである。同誌は、その当時のアメリカ社会の諸相、特に社交界の知名人たちを痛烈に批判する記事が多かったので、ニューヨーク社会の至る所で話題に上り、周囲に少なからぬ波紋を投じた。すべて匿名筆者による『サルマガンディ』誌は"The Whim-Whams and Opinions of Launcelot Langstaff, Esg. and Others"という副題が示す通り、記事が溜まればそのつど不規則に発行するという気まぐれな性格を特徴としていた。結局、その後の一年余りの間に二十号まで刊行すると、たちまち人を食ったような廃刊宣言を残して忽然《こつぜん》と姿を消したのである。

こうして文筆活動に従事する一方、気に染まない法律事務所での仕事を続けていたアーヴィングに決定的な不幸が訪れたのは一八〇九年春であった。彼の婚約者と目されていたホフマン家の次女マティルダが、同年の四月二六日に肺結核のために他界したのである。このことをアーヴィングが生涯独身で通した理由とする説の当否はともかく、この出来事は彼の心に深い傷痕《きずあと》を残し、同時に生来不向きと思っていた法曹界を去るきっかけとなった。胸中の空虚さを埋めるためにも、アーヴィングには心を研《みが》いて打ち込む対象が必要であった。そこで彼は、すでに構想のあった『ニューヨーク史』の執筆に鋭意取り組んだのである。かくして、一八〇九年一二月六日に最初の著書『ニューヨーク史』が刊行されることになった。

風狂なディートリッヒ・ニッカーボッカー老人という架空の人物に託して語られる『ニューヨーク史』は、一六二四年から一六六四年に至るオランダ植民地時代について、風変わりな三代にわたる総督たち(ウーター・ヴァン・ツウィラー、ウィルヘルム・キエフ、ピーター・スタイヴァサント)を中心に描いたものである。これはサムエル・L・ミッチェルの『ニューヨークの姿』(*The Picture of New York, or, The Traveller's Guide Through the Commercial Metropolis of the United States*, 1807)をパロディー化し、社会的な重要人物をカリカチュア的に叙述したニューアムステルダム史であった。アーヴィングは史実からの逸脱を意に介せず、時には悪ふざけとも思われる奔放な筆致で、かつて人々が武勇を誇りとして祝祭に明け暮れていた時代を縦横に描いてみせた。ただし、この極めて人間味豊かなニューヨーク史は古き栄光の郷愁に耽る〈旧オランダ人〉や建国の理想を掲げる〈新アメリカ人〉には快く迎えられなかったようだ。ところが一般読者は、これまでに語られることのなかった〈閉ざされた歴史〉を、独自のユーモアを交え世相の風刺を忍ばせて展開するこの本を大いに歓迎した。これによって、ニューヨークにおけるアーヴィングの文名はとみに高まり、兄たちも末弟が文筆に専念すべきであるとの思いに傾いていった。

この頃にアーヴィングは、スコットランドの詩人トマス・キャンベルと接触する機会を得ている。冒頭で触れたように、キャンベルはアーヴィングをウォルター・スコットに紹介した人物である。一八一〇年にアーヴィングは『トマス・キャンベル詩集』(*The Poetical Works of Thomas Campbell*)のアメリカ版刊行に尽力して以来、この詩人の厚い信頼と友情を獲得していた。事実、こうした文学的交流は七年後にイギリスの文壇そして出版界へとアーヴィングを導く力強い後ろ盾となったのだ。さらに、アーヴィングはこの時期に評論誌の編集も経験している。一八一三年一月にフィラデルフィアの出版業者モーゼス・トマスの要請によって、定期刊行の評論誌『アナレクティック・マガジン』(*Analectic Magazine*)の編集を引き受けたのもそのひとつである。同誌はイギリスにおける同種の刊行物『エディンバラ・レビュー』誌や『クォータリー・レビュー』誌(*Quarterly Review*)などの記事の再録を主とするものであったが、アーヴィングは各号に少なくとも一篇の記事を書く方針で約二年間にわたって編集の仕事を続けた。

概して、評論記事はアーヴィングの得意とする分野ではなかったが、その絶妙な脚色を施した叙述が好評を博した。やがてこの筆法は、後の歴史文学と伝記文学に受け継がれることになる。この『アナレクティック・マガジン』誌の編集の経験を通して、アーヴィングは雑誌編集が自己の文学活動の場ではないことを明確に自覚したように思える。二年後にトマスが経営に失敗した後、新経営者から同誌の編集を引き続き担当するように懇請された時、彼はきっぱりとこれを拒絶した。一八一五年一月のことであった。こうして編集業務との絶縁を機に、アーヴィングはヨーロッパを一、二年旅行して将来の設計を立てたいと考えたのである。

イギリスに渡って

一八一五年五月二五日、アーヴィングはニューヨークからイギリスに向けて出発した。以後一七年間、故国を離れることになろうとは予想もしていなかった、と後年になって彼は述懐している。当初の計画では、まずリヴァプールに兄ピーターを、次いでバーミンガムに末の姉セーラを訪ねた後、イギリス各地とフランス、イタリアを回ってギリシヤまで足を延ばして帰国する予定だった。アーヴィングは持病のリューマチで体調のすぐれない兄ピーターのもとに一週間滞在した後、十年ほど前ヘンリー・ヴァン・ワートに嫁いだセーラとバーミンガムで再会した。さらに、アーヴィングはロンドンに移動して、かつてローマを旅行中に知り合った友人オールストンと旧交を温め、また彼を通してフィラデルフィア出身の若い画家C・R・レスリーという新しい友人を得たのである。レスリーとはその後も交友が続き、特にオールストンの妻がボストンで亡くなったために彼が帰国した後は、アーヴィングにとってイギリスにおける最も信頼する友人となっていた。病気療養のために兄たちの援助を受けた前回のような気楽な旅とはいかないまでも、今回の旅行もこの段階までは、ほぼアーヴィングの思い通りに運んでいた。しかし、ウェールズを旅した後でリヴァプールに戻ると、事態は一変した。

兄ピーターの体調が思わしくないことに加えて、その家業である〈P&E・アーヴィング商会〉(Peter & Ebenezer Irving & Co.)の運営が行き詰まっていたのである。さらにそれに追い打ちをかけるように、業務に精通していた主任社員が急逝するという不幸に見舞われた。もはや社運を回復することは極めて困難に思われた。兄ピーターの窮状を目のあたりにして、アーヴィングにはそれを座視することができなかった。彼は社員に代わって不慣れな帳簿作業に時間を割き、ギリシヤまで行く目的で用意した資金のすべてを事業の救済に当てた。しかし、商会の倒産はすでに回避不可能な状況に陥っていたのである。

さらにこの時期に、アーヴィングを暗澹《あんたん》たる気持ちに陥れる訃報が届いた。一八一七年四月九日に、末子の彼に最も深い愛情を注いでくれた母セーラが他界したのである。また、これとは全く違う意味で彼を憂鬱にさせたのは、彼と同様に生涯独身主義を標榜していた親友ポールディングとヘンリー・ブルヴォートの二人が近く結婚するという知らせを聞いたことである。最愛の母は亡くなり、共に独身生活を謳歌していた親友たちがそれぞれの家庭の殻に籠もることを考えると、彼の喪失感は想像を超えて深いものであったに相違ない。

アーヴィングはイギリスに踏みとどまって病床の兄ピーターを助け生活を立て直すためには、当座は文筆に頼るより術はないと考えた。確かに彼の代表作『ニューヨーク史』は、すでにロンドンでもアメリカ版のリプリントが出版されて好評であった。しかし、ニューヨークでこそいくらか文名が上がっていたけれども、イギリスでは、いまだに作家としての地歩は確立していなかった。その頃、彼の胸中には短篇集『スケッチ・ブック』(*The Sketch Book of Geoffrey Crayon, Gent.* 1819–20) 出版の構想があり、すでに「リトル・ブリテン」(*Little Britain*) をはじめ一、二篇は書き上げてはいたが、まだおよそ当面の生計を立てうるような作品ではなかった。

火急の必要を満たすために、アーヴィングはひとつの策を講じようとしていた。すなわち、英米両国の出版社間の橋渡しをすることであった。イギリスにおいては一七一〇年に著作権法が制定されていたが、その当時に至っても国際的に定められた著作権法は存在せず、一国内の著作権保護に限られていたので、いわゆる種々の海賊版が跋扈《ばっこ》していたのである。アメリカとイギリスそれぞれの国の出版社が、相手国で版権を持つ出版社の書物が発売される前にそのコピーを入手できれば、先手を打って海賊版を防止することができる。そこでアーヴィングは、両国の出版社間を仲介することで双務協定を締結して著作権の保護を拡大する、いわば〈知的財産権の保護〉という先駆的な仕事に乗り出すことで糊口《ここう》を凌《しの》ぎたいと考えたのである。そのためには、絶えずロンドンに滞在していることが必須条件であった。彼はトラファルガー広場に近いコックスパー通りに宿をとって、ロンドンでの活動拠点とすることにした。

イギリスの出版界に人脈を持たない彼は、まずロングマン社に計画の概要を告げた上で、再びシドナムにトマス・キャンベルを訪ねて意見と協力を求めた。多忙な時間を割《さ》いてアーヴィングの話に耳を傾けた後で、キャンベルはこのアメリカ新鋭作家にウォルター・スコットと有力な出版業者ジョン・マリーのそれぞれに紹介する手紙を書いて渡した。折しもキャンベルは、ジョン・マリーの依頼によって一八一三年からはじめた『イギリスの代表的詩人たち』(*Specimens of British Poets,* 1819)の執筆の後半部にさしかかっていた時であった。

〈西の帝王〉ジョン・マリーからの招待

当時、イギリス読書界の人気を一手にさらっていたのはウォルター・スコットやジョージ・G・バイロン(一七八八―一八二四)らに代表されるロマン派の巨星たちだったが、出版界を代表する二大出版社といえば、まぎれもなくコンスタブル社とジョン・マリー社であろう。すなわち、不動の勢力を維持して〈北の皇帝〉(Czar of the North)と呼ばれていたエディンバラのコンスタブル社に対して、ロンドンのジョン・マリー社は〈西の帝王〉(Emperor of the West)の称号を与えられるほど、この二社は出版業界に確固たる地歩を占めていたのである。また、この頃は出版業界および作家の社会的地位にも、徐々にではあるが変化が現われてきたことに注目しなければならない。つまり有力な出版業者の支持を得た詩人や小説家は経済的な安定が保証されたり、あるいは、これまでとかく軽視されがちだった文筆を生業《なりわい》とする者の社会的な地位も次第に重視されるようになったからだ。そういうわけで、自作の出版を求めてマリー社の門を叩く者は後を絶たず、ましてジョン・マリー宅の応接間に迎えられることは、とりわけ文学を志す者にとっては特別な意義を持つ出来事と考えられていたのだ。しかし、この特異な応接間の客人となるためには、次の条件を満たすことが必須であった。それは、いくらか名の知れた作家であること、トリー党の支持者であること、そして多少なりとも貴族階級の推薦があること、などである。

アーヴィングがトマス・キャンベルの紹介状を手にロンドンのアルベマール街五〇番地にジョン・マリーを訪れたのは、一八一七年八月一六日のことであった。未知のアメリカ人作家が紹介状を携えて会いに来ることは、マリーにとって特段緊急の用件を感じさせるものではなかったが、外国からの客を進んで迎えるという噂に違わず、彼はアーヴィングを快く応接間に招じ入れたという。部屋の周囲の壁にかかったスコット、バイロンあるいはキャンベルなどの肖像画が、やや緊張した面持ちのアーヴィングを見下ろしていた。もっとも、やがては彼自身の肖像も同じ壁の一角を飾ることになるのであるが。

応接間では常連たちとの政治談義がはずんでいたので、アーヴィングは訪問の目的である海賊版撲滅策を切り出すことができなかった。しかし彼はその日、マリー家の夕食に招待されるという絶好の機会に恵まれたのである。その晩、招かれて共に食卓についたのは、マリー家とは家族同然の文人・歴史家アイザック・ディズレーリ、その時イタリアから帰国したばかりの画家ウィリアム・ブロックドン、アジア研究の著書があるウォルター・ハミルトン、近日アルベマール街から遠くないバーリントン・アーケイドで書籍販売をはじめる予定のジョン・ミラーといった面々であった。特にミラーはアメリカ文学の出版物に興味を示し、将来は自社のニューヨーク支店を設立する計画もあることを話の要《かなめ》に据えた。食後、マリーはアーヴィングを近くに呼び寄せて、詩人バイロンの近況を話しはじめた。マリーは旅先から来た書簡を披露しながら、バイロンは目下イタリアのヴェニスに滞在中で、間もなく長篇物語詩『チャイルド・ハロルドの遍歴』(*Childe Harold's Pilgrimage*, 1812, 1816, 1818)の第四篇を送付して来ることを嬉々として話した。そして行く先々での様々なゴシップや失敗談が便りの度に書かれていることなどの話題を提供して、その場の雰囲気を盛り上げた。そのような話の流れの中で、マリーはバイロン作品のアメリカにおける海賊版の出版によって、マリー社がいかに多大の損失をこうむっているかについて触れて慨嘆した。

機を逸せずアーヴィングは、その席で件《くだん》の英米出版社仲介案を持ち出し、彼の知悉しているアメリカの出版社とマリー社との間で双務協定を結び、刊行前の出版物コピーを相互に送付し合えば、発売された後に大急ぎで書物を入手して船で運んで印刷する海賊版を必ず出し抜くことができると力説した。これに対してマリーは即答をあえて差し控えた。彼は同じくアメリカ人のセオボールド・ウルフ・トーンが、その年にアーヴィングと同様の策を試みて失敗に終わったことを承知していたからである。しかし彼は新来の客の熱意に水を注ぐことなく、取りあえず、この提案を実行可能と判断して、後刻さらに具体案を検討することを約束したのである。

これに力を得て、アーヴィングは同席していたアイザック・ディズレーリにその計画を説明した。アメリカにもディズレーリの著作の愛読者は多いが、その大部分は海賊版によるもので、著者自身には一文の利益にもなっていなかった。初めてその事実を知って驚いたディズレーリは、興味をもってアーヴィングの案を傾聴し、アメリカ文学界の状況についても種々質問したほどであった。

その日の晩餐を共にしたすべての人々が、アメリカから来たこの新しい客人に好意的だった。アーヴィングが近くエディンバラに旅する予定と知ったジョン・ミラーは、

〈北の皇帝〉と呼ばれていた出版業者アーチボルト・コンスタブルへの紹介状を書こうと申し出た。また、ジョン・マリーはスコットへの紹介状を書こうとしたが、すでにキャンベルの手を煩《わずら》わせているアーヴィングはそれを丁重に辞退した。それにしても、この訪問はアーヴィングにとって、十分に満足すべき成果をもたらした。リヴァプールで病床にある兄ピーターに、この晩の様子を知らせる手紙で、彼はマリーについて「非常に価値のある知人となるだろう」と書いていることからも彼の心情を窺い知ることができる。やがて彼がジョン・マリーの応接間の常連に加わり、しばしの断絶の時はあったが生涯を通して親交を結んだことを思えば、この時、マリーについて述べた感想は的中していたと言うべきであろう。アーヴィングの作品の多くがマリー社から出版されており、その間のジョン・マリーとの交流が彼の文学活動に少なからぬ影響を与えたことは明らかである。たとえば、次に紹介する短篇集『スケッチ・ブック』出版の経緯をめぐるエピソードは、文壇における両者の関係を絡めて考えると一層興味深い。

アーヴィングは『スケッチ・ブック』として世に出すための原稿を着々と書き進め、一八一九年三月三日にニューヨークの兄エビニーザーに宛て、アメリカ版用の『スケッチ・ブック』の原稿を発送した。アメリカでの出版を先行させせたのは、すでに『ニューヨーク史』で好評を博した実績を考慮に入れたことが主な理由であった。最初のアメリカ版は四部に分けて刊行され、この年の一一月一〇日に完結した。同書は発行の当初からアメリカ人読者層に歓迎され、書評も極めて好意的なものが多かった。イギリスでは、八月末にリヴァプールの『カレイドスコープ』誌(*Kaleidoscope*)に短篇「妻」(*The Wife*)が載せられたのが、最初であった。その後、ほかの作品が『リテラリー・ガゼット』誌(*Literary Gazette*)に紹介され、イギリスの批評家たちにも概して好評だったので、アーヴィングはイギリス版『スケッチ・ブック』を分冊ではなく、一巻にまとめて出版したいと考えた。この時、アーヴィングがジョン・マリーに託した作品には、「航海」(*The Voyage*)、「ロスコウ」(*Roscoe*)、「妻」、「リップ・ヴァン・ウィンクル」(*Rip Van Winkle*)、「イギリスの田舎生活」(*Rural Life in England*)、「本の作り方」(*The Art of Book-making*)など、『スケッチ・ブック』中でも主要なものが多く含まれていたのである。ところが、一八一九年一〇月二七日付のマリーの返信は丁重な断りの文書だった。そこには、この作品の性格からして、相互に満足な利益を上げるような取決めが困難であるという抽象的な理由が述べられていたが、作品の売行きの促進については出来る限り尽力するし、また将来の計画に関しても協力できることがあれば、それは吝《やぶさ》かではないと結ばれていた。これに答えるアーヴィングの返書は、自分の作品に表われた見解の狭さや充実感の欠如を認めた筆致で、新鋭作家としての謙虚さを覗かせるものであった。もっとも、マリーが『スケッチ・ブック』のイギリスでの出版を躊躇《ちゅうちょ》したことには、他にも大きな理由があった。先に触れたイギリス著作権法の壁がそれである。同法の解釈によれば、国籍の如何《いかん》を問わず、ある人物の著作物がイギリスで最初に出版された場合は国内における著作権は法律により保護されるが、その他の場合には経費さえ負担すれば、いかなる出版業者によっても出版できるという、本来、制限されるべき行為が横行していたのである。したがって、前もって大部分がアメリカで出版されている『スケッチ・ブック』については、イギリス国内での著作権の保護を期待することができなかったのである。業績が隆盛に向かっているマリー社の方針として、このような慎重な選択に傾いたのは当然であったとも言える。

マリーからの回答を受けた後、アーヴィングはコンスタブル社への仲介をスコットに依頼したが、これも不調に終わった。一八二〇年二月二四日付の兄エビニーザーへの手紙で、彼は『スケッチ・ブック』の最初の四分冊を一冊にまとめ、前出のジョン・ミラー社から自費で出版したことを知らせた。ところが事態は思わぬ方向に転がった。ジョン・ミラーの出版事業が不況の煽《あお》りをうけて失敗したため、発売前の『スケッチ・ブック』のストックをジョン・マリーが気前のよい買値で引き取ったのである。その頃には、〈ジョフレー・クレヨン〉の筆名と共にアメリカ版『スケッチ・ブック』が広く人気を得ていたことも根拠のひとつであった。だが、それだけではない。マリーが一転して同書のイギリス版の出版を引き受けた陰には、スコットの計り知れない配慮と口添えが窺えたのだ。ともあれ、幸い売行きは上々で、マリー社では引き続き第二集を自社から出版することになった。『スケッチ・ブック』がマリー社の看板商品である一連の異国情緒を楽しめる作品に適合したのも幸運であったと言える。

『スケッチ・ブック』に対する批評家および読者の反応は、全般的に言えば極めて好意的なものであった。これに鼓舞されたアーヴィングは一八二二年に『ブレイスブリッジ邸』(*Bracebridge Hall*)を発表した。イギリスのバーミンガムに現存する〈アストン邸〉(トマス・ホウルト男爵によって一六三五年に建てられたジャコビアン風の邸宅で、因みに九代目のメアリー・エリザベス・ホウルトの結婚相手がエイブラハム・ブレイスブリッジであった)を舞台とする『ブレイスブリッジ邸』は、クレヨンを語り手とする五一篇の短篇からなる形式をとる点で、明らかに『スケッチ・ブック』の続篇的性格をもつ短篇集であり、また内容的にも『スケッチ・ブック』中の一篇「クリスマス・イヴ」の題材となったクレョンのブレイスブリッジ邸の訪問を土台として発展させたものである。

ウォルター・スコットにめぐりあえて

さて、最初にアルベマール街にマリーを訪ねてから十日も経たないうちに、アーヴィングはエディンバラに来ていた。ジョン・ミラーの紹介状により面会したアーチボルト・コンスタブルは、アーヴィングの英米出版社仲介案に賛同して、アメリカの出版業者モーゼス・トマスとの連絡を取りたいと申し出た。一八一八年にトマスがスコットの小説『ロブ・ロイ』のアメリカ版を出版したのは、この時の協定によるものである。コンスタブル社での用件をすませたアーヴィングは、四輪馬車に乗りエディンバラからメルローズに佇むアボッツフォード邸、すなわち本書の表題にもなった「ウォルター・スコット邸」

ウォルター・スコット

に向かったのである。どうやら、アーヴィングは〈北方の偉大な魔術師〉(*The Great Magician of the North*)とも謳われたスコットランドの吟遊詩人ウォルター・スコットに逢うことを、あたかも重要な文学的巡礼とでも思い定めていたかのようだった。私が「この地にやって来たのは、ひとつにはメルローズ寺院の遺跡と、その周辺を訪れることであったが、その主たる目的は〈北方の偉大な吟遊詩人〉に一目逢うことであった」(七ページ)と語って、アーヴィングは感慨に耽《ふけ》る。因みにこの文学的巡礼は次のような行程を辿った。

まず、アーヴィングは一八一七年八月二一日の早朝、霧雨に煙るロンドンを後にしてスコットランドのベリック・アポン・トウィードに八月二五日の午後一二時に到着し、その二時間後に豪雨の中をエディンバラに向かったのである。同日の夜一〇時にエディンバラのニュータウンのプリンフィーズ通りにあるマクグゴーズ・ホテルに投宿した。八月二六日は、フランシス・ジェフリーとアーチボルト・コンスタブルとの会談に当てられた。八月二八日にはエディンバラ城とホリルード宮殿を見学し、翌二九日に「スコットランドの境界地方《ボーダーズ》にあるセルカークという古めかしい小さな町」(七ページ)に到着して、そこに一泊している。そして三〇日の朝、改築中のアボッツフォード邸にスコットを訪ねたのである。当時、すでに詩および韻文物語で文学的名声を確立していたスコットは、前述のように小説『ロブ・ロイ』の執筆の最中であった。

スコットは一八一一年七月一日に、ガラシールズの牧師であったダグラスという人物から年一五〇ポンドの分割でスコットランドのメルローズ近郊のトゥイード川南岸に一一〇エーカーの農場カートリー・ホールを購入して、翌年の五月にスコット一家はそこに移り住んでいた。そして、一八一二年の改築プランに始まり、巨額の費用を投じて一八二四年に完成したのが豪壮な大邸宅アボッツフォード邸である。そのゴシック調の設計は主としてウィリアム・アトキンソンが担当したが、邸宅内のディテールに関してはスコット自身も加わり、さらに友人のダニエル・テリー、エドワード・ブロワァなどが助言を惜しまなかった。このようにして完成した豪奢な男爵領風のたたずまいは、ヴィクトリア朝時代の建築様式に多大な影響を与えたと言われる。完成後にはウィリアム・ワーズワースをはじめトマス・ムア、マライア・エッジワースといった著名な文人たちが次々とアボッツフォード邸を訪れている。また、アメリカ人作家としては、代表作『緋文字』(*The Scarlet Letter*, 1850)で知られるナサニエル・ホーソーンが、リヴァプール領事時代の一八五六年五月にここを訪れてその印象を日誌に綴っている。ところで、この豪邸が完成した一八二四年の秋は、本文にも登場するスコットの次男チャールズがオックスフォード大学のブレイズノーズ・カレッジに入学した時でもあり、慶事が重なった。因みに、このカレッジはイギリス首相ヘンリー・アディントンや著名な文学批評家ウォルター・ペイターがフェローシップを取って学んだことでも知られる名門である。

現在、アボッツフォード邸は資料館〈アボッツフォード・ハウス〉(Abbotsford House)として一般公開されている。ダイニング・ルーム、エントランス・ホール、書斎などが当時のまま保存されているが、なかでも九千冊とも言われる蔵書を有した図書室は圧巻だ。

ところでスコットに言及すれば、彼はエディンバラのカレッジ・ウィンドに十二人中の第九子として一七七一年八月一五日に生まれている。エディンバラの弁護士であった父ウォルター・スコット(この文豪と同名)は名家(The Scotts of Harden)の末裔《まつえい》であり、母アン・ラザフォードはエディンバラ大学医学部教授のジョン・ラザフォードの長女であった。スコットは生後まもなく(十八カ月目)、小児麻痺に罹患《りかん》し右脚を不自由にしてしまう。そのため祖父ラザフォードの勧めもあり、ロックスバラシャーのケルソーにある祖父の所有する領地サンディー・ノウに転地療養することになる。その間に、スコットは周辺に点在する歴史遺産に関心を示し、文学的な感性を養うことができたと言われている。

彼は一七八三年一一月にエディンバラ大学に入学。大学では文学以外にもフランス語、スペイン語、イタリア語といった語学関係の科目が得意であったようだ。一七九七年には湖水地方を旅している時に知り合ったシャーロット・カーペンターと結婚してエディンバラのニュータウンにあるジョージ通り五〇番地に新居を構えた。そして、一七九九年から年収三〇〇ポンドでセルカークの治安判事としての職務に従事したのである。また一七九八年一〇月、不幸にも男子の死産を経験したが、一八〇一年には長男ウォルターが誕生している。のちにウォルターを含め二男二女に恵まれた。一八一二年五月にアボッツフォード邸に移ってからは、これまで『最後の吟遊詩人の歌』(*The Lay of the Last Minstrel*, 1805)、『マーミオン』(*Marmion*, 1808)、『湖上の麗人』(*The Lady of the Lake*, 1810)などの詩を中心としていた創作も一変する。すなわち、長詩『チャイルド・ハロルドの遍歴』をひっさげて本格的な文壇デビューを果たしたジョージ・バイロンの存在、あるいはアイルランドの女流作家マライア・エッジワースの文学的示唆もあり、スコットは中世ロマンスを中心とする歴史作家に転向して、『ロブ・ロイ』、『ミドロジアンの心臓』(*The Heart of Midlothian*, 1818)、『アイヴァンホー』(*Ivanhoe*, 1819)、『ケニルワース』(*Kenilworth*, 1821)といった、一連の歴史物語の創作に着手していったのである。また伝記文学の領域にも射程を広げて、一八二六年には『ナポレオン伝』(*The Life of Napoleon Buonaparte*, 1827)を執筆するためにロンドン、パリを取材旅行している。そして、大作『ナポレオン伝』は一八二七年に出版された。一八三一年にウィリアム・ワーズワースがアボッツフォード邸を訪問しているが、スコットはこの頃から体調を著しく崩し、一八三二年九月二一日に没した。その亡骸は、本文にも登場するドライバラ寺院に埋葬されている。

さて、アーヴィングの『クレヨンの雑録集』(*Crayon Miscellanies*, 1835)の中に収められた「ウォルター・スコット邸訪問記」(原題は *Abbotsford*)は、どことなく文学的な香りを漂わせながら、ある種の情緒をもたらして読者の感情移入を果てしなく誘う随想である。アーヴィングと語るスコットは、スコットランドの深い歴史や周辺の風物について存分に蘊蓄《うんちく》を傾けて倦《う》むことがない。それは幼少の頃より歴史と風物に強い関心を抱いていたスコットが、史実を辿ってスコットランドの高地地方《ハイランド》を幾度となく旅して得た豊富な知識に拠るものであった。すなわち、スコットは早くから作品の中に登場する場所、時代、人物のすべてに通暁していたし、多くの筋立てや人物などが有用な素材としてひしめいていたのである。したがって、こうした基盤の上に立ったスコットの小説は自ずと過去の歴史の中で展開される。彼が歴史小説の創始者的存在と呼ばれる所以《ゆえん》でもある。もとより素材の多寡が作品の価値を決定するものではないが、スコットにおいてもスコットランドに関する作品と、それ以外の作品の間に少なからぬ出来栄えの差が認められることは事実である。

いずれにしても、この訪問によってアーヴィングが独自のスタイルで文学活動を展開する自信、そして、それまでの雇われ仕事の類を脱した何かを創造しなければならないというモチベーションと力をスコットから授かったことは確かだ。たとえば、出版市場の変化の激しい時代にあって、「リップ・ヴァン・ウィンクル」や「スリーピー・ホローの伝説」(*The Legend of Sleepy Hollow*)など三四篇を収録した『スケッチ・ブック』の出版を可能にしたことは、スコットの文学的な示唆に加えて、その多大な尽力と存在感がいかに大きかったかという証左であろう。このことはすでに述べた通りである。

そして、アメリカ・ロマンティシズムの世界に重厚なヨーロッパの文化と歴史の風景を溶かし込むことで、アーヴィング文学はなおも芳醇な香りと彩りを放ち、読者に果てしない愉楽を誘っているのである。こうした意味でも、何人《なんぴと》も及ばぬほど広くて深い知識と巧みな技法の効果を思うさま勁抜《けいばつ》な筆力で発揮したアーヴィングの作品群は、スコットの文学的な影響を受けつつも特異の魅力をそなえた無比の文学的資産であると言える。

*

本書を訳出する際に使用したテクストは、原則として *Abbotsford* が収められている *The Crayon Miscellany*, Philadelphia: J.B. Lippincott & Co., 1871 の版を使用したが、さらに正確を期すために Dahlia Kirby Terrell ed., *The Crayon Miscellany*, Boston: Twayne Publishers, 1979 の版も参照した。また、読みやすさを第一義に考えて、必要な箇所には言葉を補った。なお、現在では不適切と思われる原文表現も時代と文化を考慮して、そのまま訳出したことをお断りしておきたい。本文において使用した（ ）内の表記は原著書に拠ったものであり、『 』は著作の類を示したものである。〈 〉は本文中で強調されている語句を示している。本文に頻出する人名、書名、地名、語句などは、原則として日本語で表記した。ただし文脈に応じて必要と思われる場合には、あえて原語表記のまま示した箇所がある。本書に付した訳注は通し番号で示して巻末に掲げた。

本書の訳文には、便宜上、Dahlia Kirby Terrell ed., *The Crayon Miscellany*, Boston: Twayne Publishers, 1979 に記されている区分わけに拠り、それぞれ独自の見出しを付した。

本文の訳出と解説を著す際に参照した主要な文献は、

Aderman, Ralph M. *Critical Essay on Washington Irving*. Boston: A Division of G. K. Hall & Co., 1990.

Bowden, Mary Weatherspoon. *Washington Irving*. Boston: A Division of G. K. Hall & Co., 1981.

Brooks, Van Wyck. The *World of Washington Irving*. New York: E. P. Dutton, 1944.

Carruth, J. A. Sir *Walter Scott*. Jarrold Publishing, 1985.

Cater, Harold Dean. *Washington Irving at Sunnyside*. New York: Tarrytown, 1957.

Coutts, Herbert & Elaine Finnie. *The Writers' Museum Edinburgh*. City of Edinburgh Museum and Art Galleries, 1993.

Grimble, Ian. *Robert Burns*. London: Reed Consumer Books Ltd., 1994.

Hedges, William. *Washington Irving: An American Study, 1802–1832*. Baltimore: Johns Hopkins Press, 1965.

Hellman, George S. *Washington Irving, Esquire: Ambassador at Large From the New World to the Old*. New York: Knopf, 1925. 2001.

Hoffman, Daniel G. *Form and Fable in American Fiction*. New York: UP. of Virginia, 1961.

Irving, Pierre M. *Life and Letters of Washington Irving*. 4 vols., New York: G. P. Putnam, 1862–64.

Irving, Washington. *Tour in Scotland, 1817 and Other Manuscript Notes*, New Haven: Yale UP., 1927.

Johnson, Kathleen Eagen. *Washington Irving's Sunnyside*. New York: Historic Hudson Valley Press, 1995.

Johnston, Johanna. *The Heart That Would Not Hold: A Biography of Washington Irving*. New York: M. Evans and Co., Inc., 1971.

Kime, Wayne, R. *Pierre M. Irving and Washington Irving: A Collaboration in Life and Letters*. Waterloo: Wilfrid Laurier UP., 1977.

Leary, Lewis. *Washington Irving*. Minneapolis: U. of Minnesota Press, 1963.

McClary, Ben Harris. *Washington Irving and the House of Murray*, Knoxville: The U. of Tennessee Press, 1969.

McFarland, Philip. *Sojourners*. New York: Atheneum, 1979.

Myers, Andrew B. ed. *Washington Irving: A Tribute*. New York: Sleepy Hollow Restorations, 1972.

Pearson, Hesketh. *Walter Scott: His Life and Personality*. London: Methuen & Co., 1954.

Reichart, Walter A. *Washington Irving and Germany*. Ann Arbor: U. of Michigan Press, 1957.

Ringe, Donald A. *American Gothic: Imagination and Reason in Nineteenth-Century Fiction*. Lexington: U. of Kentucky Press, 1982.

Roth, Martin. *Comedy and American: The Lost World of Washington Irving*. New York, 1976.

Robertson, Logie J. ed. *Scott; Poetical Works*. London: Oxford UP., 1971.

Rubin-Dorsky, Jeffrey. *Adrift in the Old World: The Psychological Pilgrimage of Washington Irving*. Chicago & London: The U. of Chicago Press, 1988.

Rust, Richard D. and others ed. *The Complete Works of Washington Irving*. 29 vols., Madison: U. of Wisconsin Press/Boston: Twayne, 1969.

Sinclair, David. *Dynasty*. New York: Beaufort Books, Inc., 1984.

Seton, Anya. *Washington Irving*. New York: Ballantine Books, Inc., 1960.

Sutherland, John. *The Life of Walter Scott*. Massachusetts: Blackwell Publishers, 1995.

Tuttleton, James W. *Washington Irving: The Critical Reaction*. New York: AMS Press, 1993.

Wagenknecht, Edward. *Washington Irving: Moderation Displayed*. New York: Oxford UP., 1962.

Williams, Stanley T. *The Life of Washington Irving*. 2 vols. New York: Oxford UP., 1935.

佐藤猛郎・内田市五郎・佐藤豊・原田祐貨訳／J・G・ロックハート著『ウォルタ

ー・スコット伝』、彩流社、二〇〇一。
佐藤猛郎訳／W・スコット著『最後の吟遊詩人の歌』、評論社、一九八三。
佐藤猛郎訳／W・スコット著『マーミオン』、成美堂、一九九五。
大和資雄著『スコット』、研究社、一九八八。

などである。なお本書に使用した写真や図版は Dahlia Kirby Terrell ed. *The Crayon Miscellany*, Boston: Twayne Publishers, 1979, *Collections of Abbotsford House* からの転載、および万般にわたり労を惜しまず支えてくれた齊藤真子からの提供によるものである。さらに有用な資料の提供を含め、ラルフ・M・エイダーマン氏、アンドリュー・B・マイヤーズ氏、齊藤司氏、浅田孝二氏、そして吉岡章光氏から多大なご助力を得ることができた。こうした方々のご厚情に対して改めて感謝する次第である。なお、本文は拙訳書『スコットランドの吟遊詩人を訪ねて』(文化書房博文社、一九九七)に大幅な手入れを施した上で、表題は「ウォルター・スコット邸訪問記」と改めた。また、解説は拙著『ワシントン・アーヴィングとその時代』(本の友社、二〇〇五)をもとに再構成したものであることをお断りしておきたい。

わたしは、かつてヨーロッパにおけるワシントン・アーヴィングの軌跡を追う旅に興じて、昔の面影の残るいくつかの文学風景に憩う機会に恵まれた。なかでもエディンバラからバスに揺られ夏のスコットランドを彩る緑豊かな景色を堪能しつつ憧れのアボッツフォード邸を訪れた時の感激は一入《ひとしお》で、それは己れの文学的な嗜好を満たす極上のひとときでもあった。脈動はその後も尾を引いて、この気韻に富む随想の虜《とりこ》になった所以である。

かえりみてアーヴィング文学の特質と執筆の背景を考える時、そこにスコットランドの文豪ウォルター・スコットが厳然と佇立《ちょりつ》していることに気づく。すなわち、スコットという巨大な樹の存在を抜きにしてはアーヴィングの文学は語れないのである。事実、アーヴィングが伝説、歴史、評伝ものを手がけるきっかけとなったのは、繰り返せばアボッツフォード邸におけるスコットとの邂逅《かいこう》と示唆に負うところが大きい。当然のこととは言え、両者の持つ歴史的環境や基盤には格段の相違があった。古い歴史の息づく風土の真っ只中でペンをとるスコットと比べれば、新大陸の作家アーヴィングには、およそ恵まれた素材を望むべくもなかったからだ。

だが、伝説や歴史といったジャンルにおけるアーヴィングの作品群が比較的高い評価を受けていることは、ひとえにスコットランドの伝説や歴史を背景にして展開される物語を得意としたスコットの啓発の賜物であろう。そんな意味づけを支えるかのように、この随想はアーヴィングの深く尽きせぬスコットへの畏敬の念と相俟って、アーヴィング文学の源泉をなすディテールが随所に綴られた有意義な文学的所産であることを滲ませている。何よりも、当時のスコットの生活状況やその周辺の風景などを巧みに織り込んで、スコット文学の真髄を露わにするアーヴィングの流麗な筆致は、「すばらしい」の一語に尽きる。この随想の刊行によって、アメリカ古典文学の代表格であるアーヴィングの作品群の再読を誘う契機となれば望外の幸せである。

最後に、この掘り出し作品に小さからぬ文学的な意義を認めていただき、格別のお力添えを賜った岩波書店編集部の塩尻親雄氏に深い敬意と厚い感謝の念を表したい。

二〇〇六年九月二五日

齊藤　昇

ウォルター・スコット邸訪問記《ていほうもんき》
アーヴィング著

2006年11月16日　第1刷発行
2014年11月14日　第2刷発行

訳　者　齊藤《さいとう》　昇《のぼる》

発行者　岡本　厚

発行所　株式会社　岩波書店
〒101-8002 東京都千代田区一ツ橋 2-5-5
案内 03-5210-4000　販売部 03-5210-4111
文庫編集部 03-5210-4051
http://www.iwanami.co.jp/

印刷・精興社　製本・牧製本

ISBN 4-00-323024-8　　Printed in Japan

読書子に寄す

——岩波文庫発刊に際して——

岩波茂雄

真理は万人によって求められることを自ら欲し、芸術は万人によって愛されることを自ら望む。かつては民を愚昧ならしめるために学芸が最も狭き堂宇に閉鎖されたことがあった。今や知識と美とを特権階級の独占より奪い返すことはつねに進取的なる民衆の切実なる要求である。岩波文庫はこの要求に応じそれに励まされて生まれた。それは生命ある不朽の書を少数者の書斎と研究室とより解放して街頭にくまなく立たしめ民衆に伍せしめるであろう。近時大量生産予約出版の流行を見る。その広告宣伝の狂態はしばらくおくも、後代にのこすと誇称する全集がその編集に万全の用意をなしたるか。千古の典籍の翻訳企図に敬虔の態度を欠かざりしか。さらに分売を許さず読者を繋縛して数十冊を強うるがごとき、はたしてその揚言する学芸解放のゆえんなりや。吾人は天下の名士の声に和してこれを推挙するに躊躇するものである。このときにあたって、岩波書店は自己の責務のいよいよ重大なるを思い、従来の方針の徹底を期するため、すでに十数年以前より志して来た計画を慎重審議この際断然実行することにした。吾人は範をかのレクラム文庫にとり、古今東西にわたって文芸・哲学・社会科学・自然科学等種類のいかんを問わず、いやしくも万人の必読すべき真に古典的価値ある書をきわめて簡易なる形式において逐次刊行し、あらゆる人間に須要なる生活向上の資料、生活批判の原理を提供せんと欲する。この文庫は予約出版の方法を排したるがゆえに、読者は自己の欲する時に自己の欲する書物を各個に自由に選択することができる。携帯に便にして価格の低きを最主とするがゆえに、外観を顧みざるも内容に至っては厳選最も力を尽くし、従来の岩波出版物の特色をますます発揮せしめようとする。この計画たるや世間の一時の投機的なるものと異なり、永遠の事業として吾人は微力を傾倒し、あらゆる犠牲を忍んで今後永久に継続発展せしめ、もって文庫の使命を遺憾なく果たさしめることを期する。芸術を愛し知識を求むる士の自ら進んでこの挙に参加し、希望と忠言とを寄せられることは吾人の熱望するところである。その性質上経済的には最も困難多きこの事業にあえて当たらんとする吾人の志を諒として、その達成のため世の読書子とのうるわしき共同を期待する。

昭和二年七月

《イギリス文学》〔赤〕

ユートピア　トマス・モア　平井正穂訳
完訳カンタベリー物語　全三冊　チョーサー　桝井迪夫訳
ヴェニスの商人　シェイクスピア　中野好夫訳
ジュリアス・シーザー　シェイクスピア　中野好夫訳
十二夜　シェイクスピア　小津次郎訳
ハムレット　シェイクスピア　野島秀勝訳
オセロウ　シェイクスピア　菅泰男訳
リア王　シェイクスピア　野島秀勝訳
マクベス　シェイクスピア　木下順二訳
ソネット集　シェイクスピア　高松雄一訳
ロミオとジューリエット　シェイクスピア　平井正穂訳
リチャード三世　シェイクスピア　木下順二訳
対訳シェイクスピア詩集　―イギリス詩人選(1)　柴田稔彦編
失楽園　全二冊　ミルトン　平井正穂訳
ロビンソン・クルーソー　全二冊　デフォー　平井正穂訳
桶物語・書物戦争　他一篇　スウィフト　深町弘三訳

ガリヴァー旅行記　スウィフト　平井正穂訳
トム・ジョウンズ　全四冊　フィールディング　朱牟田夏雄訳
ジョウゼフ・アンドルーズ　全二冊　フィールディング　朱牟田夏雄訳
トリストラム・シャンディ　全三冊　ロレンス・スターン　朱牟田夏雄訳
ウェイクフィールドの牧師　―むだばなし　ゴールドスミス　小野寺健訳
幸福の探求　―アビシニアの王子ラセラスの物語　サミュエル・ジョンソン　朱牟田夏雄訳
対訳バイロン詩集　―イギリス詩人選(8)　笠原順路編
対訳ブレイク詩集　―イギリス詩人選(4)　松島正一編
ブレイク詩集　寿岳文章訳
ワーズワース詩集　田部重治選訳
対訳ワーズワス詩集　―イギリス詩人選(3)　山内久明編
対訳コウルリッジ詩集　―イギリス詩人選(7)　上島建吉編
高慢と偏見　全二冊　ジェーン・オースティン　富田彬訳
説きふせられて　ジェーン・オースティン　富田彬訳
エマ　全二冊　ジェーン・オースティン　工藤政司訳
シェイクスピア物語　全二冊　チャールズ・ラム　メアリー・ラム　安藤貞雄訳
イン・メモリアム　テニスン　入江直祐訳

対訳テニスン詩集　―イギリス詩人選(5)　西前美巳編
デイヴィッド・コパフィールド　全五冊　ディケンズ　石塚裕子訳
ディケンズ短篇集　小池滋　石塚裕子訳
オリヴァ・ツウィスト　全二冊　ディケンズ　本多季子訳
アメリカ紀行　全二冊　ディケンズ　伊藤弘之　下笠徳次　隈元貞広訳
イタリアのおもかげ　ディケンズ　伊藤弘之　下笠徳次　隈元貞広訳
鎖を解かれたプロメテウス　シェリー　石川重俊訳
対訳シェリー詩集　―イギリス詩人選(9)　アルヴィ宮本なほ子編
アイルランド　―歴史と風土　オフェイロン　橋本槙矩訳
ジェイン・エア　全二冊　シャーロット・ブロンテ　河島弘美訳
嵐が丘　全二冊　エミリー・ブロンテ　河島弘美訳
クリスチナ・ロセッティ詩抄　入江直祐訳
サイラス・マーナー　ジョージ・エリオット　土井治訳
ハーディ　テス　全二冊　井上宗次　石田英二訳
ハーディ短篇集　井出弘之編訳
緑の館　―熱帯林のロマンス　ハドソン　柏倉俊三訳
宝島　スティーヴンスン　阿部知二訳

ジーキル博士とハイド氏　スティーヴンスン　海保眞夫訳
プリンス・オットー　スティーヴンスン　小川和夫訳
旅は驢馬をつれて 他一篇　スティヴンソン　吉田健一訳
新アラビヤ夜話　スティーヴンスン　佐藤緑葉訳
バラントレーの若殿　スティーヴンスン　海保眞夫訳
マーカイム・壜の小鬼 他五篇　スティーヴンスン　高松雄一・高松禎子訳
トム・ブラウンの学校生活 全二冊　トマス・ヒューズ　前川俊一訳
怪談 —不思議なことの物語と研究　ラフカディオ・ハーン　平井呈一訳
心 —日本の内面生活の暗示と影響　ラフカディオ・ハーン　平井呈一訳
サロメ　ワイルド　福田恆存訳
ヘンリ・ライクロフトの私記　ギッシング　平井正穂訳
ギッシング短篇集　小池滋編訳
闇の奥　コンラッド　中野好夫訳
対訳イエイツ詩集　高松雄一編
月と六ペンス　モーム　行方昭夫訳
読書案内 —世界文学　W・S・モーム　西川正身訳
人間の絆 全三冊　モーム　行方昭夫訳

サミング・アップ　モーム　行方昭夫訳
モーム短篇選 全二冊　行方昭夫編訳
お菓子とビール　モーム　行方昭夫訳
ダブリンの市民　ジョイス　結城英雄訳
若い芸術家の肖像　ジョイス　大澤正佳訳
ロレンス短篇集　河野一郎編訳
荒地　T・S・エリオット　岩崎宗治訳
四つの四重奏　T・S・エリオット　岩崎宗治訳
悪口学校　シェリダン　菅泰男訳
パリ・ロンドン放浪記　ジョージ・オーウェル　小野寺健訳
動物農場 —おとぎばなし　ジョージ・オーウェル　川端康雄訳
対訳キーツ詩集 —イギリス詩人選(10)　宮崎雄行編
阿片常用者の告白　ド・クインシー　野島秀勝訳
深き淵よりの嘆息 —『阿片常用者の告白』続篇　ド・クインシー　野島秀勝訳
イギリス名詩選　平井正穂編
タイム・マシン 他九篇　H・G・ウエルズ　橋本槇矩訳
トーノ・バンゲイ 全二冊　ウェルズ　中西信太郎訳

回想のブライズヘッド 全二冊　イーヴリン・ウォー　小野寺健訳
愛されたもの　イーヴリン・ウォー　中村健二・出淵博訳
アイルランド童話集 隊を組んで歩く妖精達 其他　イエイツ　山宮允訳
ナイティンゲール伝 他一篇　リットン・ストレイチー　橋口稔訳
果てしなき旅 全二冊　E・M・フォースター　高橋和久訳
フォースター評論集　小野寺健編訳
白衣の女 全三冊　ウィルキー・コリンズ　中島賢二訳
夢の女・恐怖のベッド 他六篇　ウィルキー・コリンズ　中島賢二訳
対訳英米童謡集　河野一郎編訳
灯台へ　ヴァージニア・ウルフ　御輿哲也訳
世の習い　コングリーヴ　笹山隆訳
夜の来訪者　プリーストリー　安藤貞雄訳
イングランド紀行 全二冊　プリーストリー　橋本槇矩訳
アーネスト・ダウスン作品集　南條竹則編訳
狐になった奥様　ガーネット　安藤貞雄訳
ヘリック詩鈔　森亮訳
たいした問題じゃないが —イギリス・コラム傑作選　行方昭夫編訳

真昼の暗黒 アーサー・ケストラー 中島賢二訳

英国ルネサンス恋愛ソネット集 岩崎宗治編訳

《アメリカ文学》〔赤〕

フランクリン自伝 松本慎一・西川正身訳

アルハンブラ物語 全二冊 アーヴィング 平沼孝之訳

ブレイスブリッジ邸 アーヴィング 齊藤昇訳

完訳 緋文字 ホーソーン 八木敏雄訳

黒猫・モルグ街の殺人事件 他五篇 ポオ 中野好夫訳

対訳 ポー詩集 —アメリカ詩人選(1) 加島祥造編

黄金虫・アッシャー家の崩壊 他九篇 ポオ 八木敏雄訳

ユリイカ ポオ 八木敏雄訳

ポオ評論集 八木敏雄編訳

森の生活(ウォールデン) 全二冊 ソロー 飯田実訳

市民の反抗 他五篇 H・D・ソロー 飯田実訳

白鯨 全三冊 メルヴィル 八木敏雄訳

草の葉 全三冊 ホイットマン 酒本雅之訳

対訳 ホイットマン詩集 —アメリカ詩人選(2) 木島始編

対訳 ディキンソン詩集 —アメリカ詩人選(3) 亀井俊介編

不思議な少年 マーク・トウェイン 中野好夫訳

王子と乞食 マーク・トウェーン 村岡花子訳

人間とは何か マーク・トウェイン 中野好夫訳

ハックルベリー・フィンの冒険 全二冊 マーク・トウェイン 西田実訳

新編 悪魔の辞典 ビアス 西川正身編訳

ねじの回転・デイジー・ミラー ヘンリー・ジェイムズ 行方昭夫訳

大使たち 全二冊 ヘンリー・ジェイムズ 青木次生訳

ワシントン・スクエア ヘンリー・ジェイムズ 河島弘美訳

どん底の人びと —ロンドン一九〇二 ジャック・ロンドン 行方昭夫訳

シカゴ詩集 サンドバーグ 安藤一郎訳

大地 全四冊 パール・バック 小野寺健訳

シスター・キャリー 全二冊 ドライサー 村山淳彦訳

響きと怒り 全二冊 フォークナー 平石貴樹・新納卓也訳

アブサロム、アブサロム! 全二冊 フォークナー 藤平育子訳

楡の木陰の欲望 オニール 井上宗次訳

日はまた昇る ヘミングウェイ 谷口陸男訳

怒りのぶどう 全三冊 スタインベック 大橋健三郎訳

ブラック・ボーイ —ある幼少期の記録 全二冊 リチャード・ライト 野崎孝訳

オー・ヘンリー傑作選 大津栄一郎訳

フィッツジェラルド短篇集 佐伯泰樹編訳

アメリカ名詩選 亀井俊介・川本皓嗣編

開拓者たち 全二冊 クーパー 村山淳彦訳

孤独な娘 ナサニエル・ウエスト 丸谷才一訳

魔法の樽 他十二篇 マラマッド 阿部公彦訳

《ドイツ文学》〔赤〕

- ニーベルンゲンの歌 全二冊　相良守峯訳
- ラオコオン ―絵画と文学との限界について　レッシング　斎藤栄治訳
- エミーリア・ガロッティ ミス・サラ・サンプソン　レッシング　田邊玲子訳
- 若きウェルテルの悩み　ゲーテ　竹山道雄訳
- ヴィルヘルム・マイスターの修業時代 全三冊　ゲーテ　山崎章甫訳
- ヘルマンとドロテーア　ゲーテ　佐藤通次訳
- イタリア紀行 全三冊　ゲーテ　相良守峯訳
- ファウスト 全二冊　ゲーテ　相良守峯訳
- ゲーテとの対話 全三冊　エッカーマン　山下肇訳
- 三十年戦史 全二冊　シルレル　渡辺格司訳
- ヴァレンシュタイン　シラー　濱川祥枝訳
- ヘルダーリン詩集　川村二郎訳
- 青い花　ノヴァーリス　青山隆夫訳
- 完訳 グリム童話集 全五冊　金田鬼一訳
- 牡猫ムルの人生観 全二冊　ホフマン　秋山六郎兵衛訳
- 水妖記（ウンディーネ）　フーケー　柴田治三郎訳

- ペンテジレーア　クライスト　吹田順助訳
- 影をなくした男　シャミッソー　池内紀訳
- ハイネ 歌の本　井上正蔵訳
- 流刑の神々・精霊物語　ハイネ　小沢俊夫訳
- 冬物語 ―ドイツ　ハイネ　井汲越次訳
- ロマンツェーロー 全二冊　ハイネ　井汲越次訳
- ユーディット 他一篇　ヘッベル　吹田順助訳
- 水晶 ―石さまざま 他三篇　シュティフター　手塚富雄・藤村宏訳
- ブリギッタ・森の泉 他一篇　シュティフター　宇多五郎・高安国世訳
- ウィーンの辻音楽師 他一篇　グリルパルツァー　福田宏年訳
- みずうみ 他四篇　シュトルム　関泰祐訳
- 大学時代・広場のほとり 他四篇　シュトルム　関泰祐訳
- 美しき誘い 他一篇　シュトルム　国松孝二訳
- 聖ユルゲンにて・後見人カルステン 他一篇　シュトルム　国松孝二訳
- 花・死人に口なし 他七篇　シュニッツラー　番匠谷英一・山本有三訳
- ゲオルゲ詩集　手塚富雄訳
- リルケ詩集　高安国世訳

- ドゥイノの悲歌　リルケ　手塚富雄訳
- ブッデンブローク家の人びと 全三冊　トーマス・マン　望月市恵訳
- トオマス・マン短篇集　実吉捷郎訳
- 魔の山 全二冊　トーマス・マン　関泰祐・望月市恵訳
- トニオ・クレエゲル　トオマス・マン　実吉捷郎訳
- ヴェニスに死す　トオマス・マン　実吉捷郎訳
- ワイマルのロッテ 全二冊　トーマス・マン　望月市恵訳
- 車輪の下　ヘルマン・ヘッセ　実吉捷郎訳
- デミアン　ヘルマン・ヘッセ　実吉捷郎訳
- シッダルタ　ヘッセ　手塚富雄訳
- 美しき惑いの年　カロッサ　手塚富雄訳
- 若き日の変転　カロッサ　斎藤栄治訳
- 幼年時代　カロッサ　斎藤栄治訳
- 指導と信従　カロッサ　国松孝二訳
- マリー・アントワネット 全二冊　シュテファン・ツワイク　高橋禎二・秋山英夫訳
- ジョゼフ・フーシェ ―ある政治的人間の肖像　シュテファン・ツワイク　高橋禎二・秋山英夫訳
- 変身・断食芸人　カフカ　山下肇・山下萬里訳

審判　カフカ　辻瑆訳
カフカ短篇集　池内紀編訳
カフカ寓話集　池内紀編訳
ガリレイの生涯　ベルトルト・ブレヒト　岩淵達治訳
天と地との間　オットー・ルートヴィヒ　黒川武敏訳
ほらふき男爵の冒険　ビュルガー編　新井皓士訳
ドイツ炉辺ばなし集 ―カレンダーゲシヒテン　ヘーベル　木下康光編訳
憂愁夫人　ズーデルマン　相良守峯訳
短篇集 死神とのインタヴュー　ノサック　神品芳夫訳
悪童物語　ルウドヰヒ・トオマ　実吉捷郎訳
愛の完成・静かなヴェロニカの誘惑　ムージル　古井由吉訳
芸術を愛する一修道僧の真情の披瀝　ヴァッケンローダー　江川英一訳
ハインリヒ・ベル短篇集　青木順三編訳
ウィーン世紀末文学選　池内紀編訳
大理石像・デュランデ城悲歌　アイヒェンドルフ　関泰祐訳
ホフマンスタール詩集　川村二郎訳
陽気なヴッツ先生 他一篇　ジャン・パウル　岩田行一訳

蜜蜂マアヤ　ボンゼルス　実吉捷郎訳
インド紀行 全二冊　ボンゼルス　実吉捷郎訳
ドイツ名詩選　生野幸吉・檜山哲彦編
果てしなき逃走　ヨーゼフ・ロート　平田達治訳
聖なる酔っぱらいの伝説 他四篇　ヨーゼフ・ロート　池内紀訳
暴力批判論 他十篇 ―ベンヤミンの仕事1　ヴァルター・ベンヤミン　野村修編訳
ボードレール 他五篇 ―ベンヤミンの仕事2　ヴァルター・ベンヤミン　野村修編訳
罪なき罪 全二冊 ―エフィ・ブリースト　フォンターネ　加藤一郎訳
ヴォイツェク ダントンの死 レンツ　ビューヒナー　岩淵達治訳

《フランス文学》〔赤〕

ラブレー第一之書 ガルガンチュワ物語　渡辺一夫訳
ラブレー第二之書 パンタグリュエル物語　渡辺一夫訳
ラブレー第三之書 パンタグリュエル物語　渡辺一夫訳
ラブレー第四之書 パンタグリュエル物語　渡辺一夫訳
ラブレー第五之書 パンタグリュエル物語　渡辺一夫訳
トリスタン・イズー物語　ベディエ編　佐藤輝夫訳
ラ・ロシュフコー箴言集　二宮フサ訳

フェードル・アンドロマック　ラシーヌ　渡辺守章訳
ブリタニキュス・ベレニス　ラシーヌ　渡辺守章訳
タルチュフ　モリエール　鈴木力衛訳
ドン・ジュアン ―石像の宴　モリエール　鈴木力衛訳
町人貴族　モリエール　鈴木力衛訳
守銭奴　モリエール　鈴木力衛訳
病は気から　モリエール　鈴木力衛訳
完訳 ペロー童話集　新倉朗子訳
ラ・フォンテーヌ 寓話 全二冊　今野一雄訳
クレーヴの奥方 他二篇　ラファイエット夫人　生島遼一訳
カラクテール 全三冊 ―当世風俗誌　ラ・ブリュイエール　関根秀雄訳
偽りの告白　マリヴォー　鈴木力衛訳
贋の侍女・愛の勝利　マリヴォー　佐藤実枝・井村順一訳
カンディード 他五篇　ヴォルテール　植田祐次訳
マノン・レスコー　アベ・プレヴォ　河盛好蔵訳
ジル・ブラース物語 全四冊　ル・サージュ　杉捷夫訳
美味礼讃 全二冊　ブリア-サヴァラン　関根秀雄・戸部松実訳

- アドルフ　コンスタン　大塚幸男訳
- 赤と黒　全二冊　スタンダール　桑原武夫・生島遼一訳
- パルムの僧院　全二冊　スタンダール　生島遼一訳
- 知られざる傑作　他五篇　バルザック　水野亮訳
- 従兄ポンス　全二冊　バルザック　水野亮訳
- 谷間のゆり　バルザック　宮崎嶺雄訳
- 「絶対」の探求　バルザック　水野亮訳
- ゴリオ爺さん　全二冊　バルザック　高山鉄男訳
- ゴプセック・毬打つ猫の店　バルザック　芳川泰久訳
- サラジーヌ　他三篇　バルザック　芳川泰久訳
- 艶笑滑稽譚　全三冊　バルザック　石井晴一訳
- レ・ミゼラブル　全四冊　ユーゴー　豊島与志雄訳
- 死刑囚最後の日　ユーゴー　豊島与志雄訳
- エルナニ　ユーゴー　稲垣直樹訳
- モンテ・クリスト伯　全七冊　アレクサンドル・デュマ　山内義雄訳
- 三銃士　全二冊　デュマ　生島遼一訳
- カルメン　メリメ　杉捷夫訳

- メリメ怪奇小説選　杉捷夫編訳
- 愛の妖精（プチット・ファデット）　ジョルジュ・サンド　宮崎嶺雄訳
- フランス田園伝説集　ジョルジュ・サンド　篠田知和基訳
- ボオドレール 悪の華　鈴木信太郎訳
- パリの憂愁　ボードレール　福永武彦訳
- ボヴァリー夫人　全二冊　フローベール　伊吹武彦訳
- 感情教育　全二冊　フローベール　生島遼一訳
- 椿姫　デュマ・フィス　吉村正一郎訳
- プチ・ショーズ —ある少年の物語　ドーデ　原千代海訳
- シルヴェストル・ボナールの罪　アナトール・フランス　伊吹武彦訳
- エピクロスの園　アナトール・フランス　大塚幸男訳
- 脂肪のかたまり　モーパッサン　高山鉄男訳
- ベラミ　全二冊　モーパッサン　杉捷夫訳
- モーパッサン短篇選　高山鉄男編訳
- 地獄の季節　ランボオ　小林秀雄訳
- にんじん　ルナアル　岸田国士訳
- ぶどう畑のぶどう作り　ルナアル　岸田国士訳

- ジャン・クリストフ　全四冊　ロマン・ローラン　豊島与志雄訳
- 散文詩 夜の歌　フランシス・ジャム　三好達治訳
- フランシス・ジャム詩集　手塚伸一訳
- 三人の乙女たち　フランシス・ジャム　手塚伸一訳
- 狭き門　アンドレ・ジイド　川口篤訳
- 続コンゴ紀行 —チャド湖より還る　アンドレ・ジイド　杉捷夫訳
- パリュウド　アンドレ・ジイド　小林秀雄訳
- ヴァレリー詩集　ポール・ヴァレリー　鈴木信太郎訳
- ムッシュー・テスト　ポール・ヴァレリー　清水徹訳
- 精神の危機　他十五篇　ポール・ヴァレリー　恒川邦夫訳
- 地獄　アンリ・バルビュス　田辺貞之助訳
- 朝のコント　フィリップ　淀野隆三訳
- シラノ・ド・ベルジュラック　ロスタン　辰野隆・鈴木信太郎訳
- 恐るべき子供たち　コクトー　鈴木力衛訳
- 人はすべて死す　全二冊　ボーヴォワール　川口篤・田中敬一訳
- セヴィニェ夫人手紙抄　井上究一郎訳
- 地底旅行　ジュール・ヴェルヌ　朝比奈弘治訳

八十日間世界一周　ジュール・ヴェルヌ　鈴木啓二訳
海底二万里　全二冊　ジュール・ヴェルヌ　朝比奈美知子訳
結婚十五の歓び　新倉俊一訳
死霊の恋・ポンペイ夜話　他三篇　ゴーチエ　田辺貞之助訳
キャピテン・フラカス　全三冊　ゴーティエ　田辺貞之助訳
モーパン嬢　全二冊　テオフィル・ゴーチエ　井村実名子訳
十二の恋の物語　—マリー・ド・フランスのレー—　マリー・ド・フランス　月村辰雄訳
牝猫（めすねこ）　コレット　工藤庸子訳
シェリ　コレット　工藤庸子訳
生きている過去　レニエ　窪田般彌訳
シュルレアリスム宣言・溶ける魚　アンドレ・ブルトン　巖谷國士訳
ナジャ　アンドレ・ブルトン　巖谷國士訳
不遇なる一天才の手記　ヴォーヴナルグ　関根秀雄訳
フランス民話集　新倉朗子編訳
ジェルミニィ・ラセルトゥウ　ゴンクウル兄弟　大西克和訳
ゴンクールの日記　全二冊　斎藤一郎編訳
短篇集 恋の罪　サド　植田祐次訳

フランス名詩選　安藤元雄　入沢康夫　渋沢孝輔　編
グラン・モーヌ　アラン＝フルニエ　天沢退二郎訳
狐物語　鈴木覺　福本直之　原野昇　訳
繻子の靴　全二冊　ポール・クローデル　渡辺守章訳
幼なごころ　ヴァレリー・ラルボー　岩崎力訳
心変わり　ミシェル・ビュトール　清水徹訳
けものたち・死者の時　ピエール・ガスカール　渡辺一夫　佐藤朔　二宮敬　訳
自由への道　全六冊　サルトル　海老坂武　澤田直　訳
物質的恍惚　ル・クレジオ　豊崎光一訳
悪魔祓い　ル・クレジオ　高山鉄男訳
女中たち／バルコン　ジャン・ジュネ　渡辺守章訳
失われた時を求めて　全十四冊（既刊六冊）　プルースト　吉川一義訳
丘　ジャン・ジオノ　山本省訳
子ども　全二冊　ジュール・ヴァレス　朝比奈弘治訳
アルゴールの城にて　ジュリアン・グラック　安藤元雄訳
シルトの岸辺　ジュリアン・グラック　安藤元雄訳

《歴史・地理》〔青〕

新訂 魏志倭人伝・後漢書倭伝・宋書倭国伝・隋書倭国伝 ―中国正史日本伝1　石原道博編訳
新訂 旧唐書倭国日本伝・宋史日本伝・元史日本伝 ―中国正史日本伝2　石原道博編訳
ヘロドトス 歴史　全三冊　松平千秋訳
トゥーキュディデース 戦史　全三冊　久保正彰訳
ガリア戦記　カエサル　近山金次訳
タキトゥス ゲルマーニア　泉井久之助訳註
ギボン自叙伝 ―わが生涯と著作との思い出　村上至孝訳
元朝秘史　全二冊　小澤重男訳
古代への情熱 ―シュリーマン自伝　シュリーマン　村田数之亮訳
アーネスト・サトウ 一外交官の見た明治維新　全二冊　坂田精一訳
インディアスの破壊についての簡潔な報告　ラス・カサス　染田秀藤訳
ラス・カサス インディアス史　全七冊　長南実訳　石原保徳編
コロンブス航海誌　林屋永吉訳
コロンブス 全航海の報告　林屋永吉訳
偉大なる道 ―朱徳の生涯とその時代　全二冊　アグネス・スメドレー　阿部知二訳
中世的世界の形成　石母田正

クリオの顔 ―歴史随想集　E・H・ノーマン　大窪愿二編訳
ローマ皇帝伝　全二冊　スエトニウス　国原吉之助訳
紫禁城の黄昏　R・F・ジョンストン　入江曜子　春名徹訳
北槎聞略 ―大黒屋光太夫ロシア漂流記　桂川甫周　亀井高孝校訂
ヨーロッパ文化と日本文化　ルイス・フロイス　岡田章雄訳注
オデュッセウスの世界　M・I・フィンリー　下田立行訳
東京に暮す ―一九二八～一九三六　キャサリン・サンソム　大久保美春訳
幕末維新懐古談　高村光雲
増補 幕末百話　篠田鉱造
明治百話　全二冊　篠田鉱造
ガレー船徒刑囚の回想　ジャン・マルテーユ　木崎喜代治訳
西洋事物起原　全四冊　ヨハン・ベックマン　特許庁内技術史研究会訳
ツアンポー峡谷の謎　F・キングドン－ウォード　金子民雄訳
歴史序説　全四冊　イブン＝ハルドゥーン　森本公誠訳
アレクサンドロス大王東征記 ―付 インド誌　全二冊　アッリアノス　大牟田章訳
クック 太平洋探検　全六冊　増田義郎訳
ダンピア 最新世界周航記　全二冊　平野敬一訳

高麗史日本伝 ―朝鮮正史日本伝2　全二冊　武田幸男編訳
シエサ・デ・レオン インカ帝国地誌　増田義郎訳
インカ皇統記　全四冊　インカ・ガルシラーソ・デ・ラ・ベーガ　牛島信明訳
ローマ建国史　全三冊　リーウィウス　鈴木一州訳
フランス・プロテスタントの反乱 ―カミザール戦争の記録　カヴァリエ　二宮フサ訳
ニコライの日記 ―ロシア人宣教師が生きた明治日本　全三冊　中村健之介編訳
マゼラン 最初の世界一周航海 ―ピガフェッタ「最初の世界周航」・トランシルヴァーノ「モルッカ諸島遠征調書」　長南実訳
パリ・コミューン　全二冊　H・ルフェーヴル　河野健二　柴田朝子　西川長夫訳

岩波文庫の最新刊

藤井貞和校注
落窪物語
「落窪の間」に追いやられ、継母にこき使われる娘は、どうやって幸せをつかむのか？——原文を楽しく読める注釈で、平安時代の社会と風俗が生き生きと蘇る。
〔黄四三-一〕 本体一〇八〇円

エーリヒ・ケストナー／小松太郎訳
人生処方詩集
『ふたりのロッテ』や『飛ぶ教室』等でおなじみのケストナー(一八九九―一九七四)による悩める大人のための詩集。人生の苦さを知ってしまったすべての人たちに！
〔赤四七一-一〕 本体七二〇円

E・コセリウ／田中克彦訳
言語変化という問題
―共時態、通時態、歴史―
コセリウは、変化することこそが言語の本質であると謳う。「科学主義」によって硬直した言語学を解放へ導く挑戦の書。(解説＝エマ タマヤヌ・モリタ、田中克彦)
〔青六九六-一〕 定価一〇二〇円

ディケンズ／石塚裕子訳
大いなる遺産(上)
鍛冶屋の修業を始めたピップに、匿名の人物から巨額の遺産が贈られるという知らせが届き、ロンドンに旅立つ。晩年の代表作。アメリカ版の挿絵を収録。(全二冊)
〔赤二二九-九〕 本体一一四〇円

アーヴィング／齊藤 昇訳
スケッチ・ブック(上)
W・アーヴィングの最高傑作。上巻には、アメリカ版浦島太郎「リップ・ヴァン・ウィンクル」を収録。上下巻あわせて、邦訳史上初の全三四篇を訳出。新訳。(全二冊)
〔赤三〇二-〇〕 本体九〇〇円

渡辺守章訳
マラルメ詩集
超絶技法の言語態を極限まで操った象徴派の詩人マラルメ。その究極の〈劇場〉たるドマン版『詩集』により、詩の言語を読み解き、耳を澄まし、思考する。新訳。
〔赤五四八-一〕 本体一二〇〇円

……今月の重版再開……

穂積陳重
法窓夜話／続法窓夜話
本体一〇〇〇・九四〇円 〔青一四七-一・二〕

小金井喜美子
鷗外の思い出
本体七〇〇円 〔緑一六一-一〕

清水 勲編
ワーグマン日本素描集
本体六六〇円 〔青五五九-一〕

アーヴィング／齊藤 昇訳
ウォルター・スコット邸訪問記
本体五四〇円 〔赤三〇二-四〕